大言牌

中华传统世情小说十五篇

国韵小小说

上海图书馆编

生活·读书·新知 三联书店

Copyright © 2018 by SDX Joint Publishing Company
All Rights Reserved.
本作品版权由生活·读书·新知三联书店所有。
未经许可,不得翻印。

图书在版编目(CIP)数据

大言牌:中华传统世情小说十五篇/上海图书馆编.
—北京:生活·读书·新知三联书店,2018.1
(国韵小小说)
ISBN 978–7–108–05236–0

Ⅰ.①大… Ⅱ.①上… Ⅲ.①小小说–小说集–中国–现代 Ⅳ.①I246.8

中国版本图书馆 CIP 数据核字(2017)第 280123 号

责任编辑	成　华
封面设计	刘　俊
责任印刷	黄雪明
出版发行	生活·讀書·新知 三联书店
	(北京市东城区美术馆东街22号)
邮　编	100010
印　刷	常熟高专印刷有限公司
版　次	2018 年 1 月第 1 版
	2018 年 1 月第 1 次印刷
开　本	650 毫米×900 毫米 1/16 印张 11
字　数	96 千字
定　价	29.00 元

编者的话

近一百年前,一批通俗浅近、装帧精美的"口袋书"陆续面世,是为"小小说"系列。其内容多依托古典小说名著改编,文字浅显,材料活泼,更有鲜明悦目的精美封面助人兴味,既可供文学爱好者品味消遣,亦是学校教育、家庭教育、民众教育的流行读本。惜历时久远,今多已散佚。

为"复活"这批优秀的传统文化读物,特搜集上海图书馆所藏共九十余种"小小说",略据内容分为六册,凡军事、历史、武侠、志怪、世情,涵盖各种类型,集中展现了我国古典白话小说的发展水平与艺术特色。

为便于读者阅读,现将原书的竖排繁体转为横排简体,修正了其中的漏字、错字、异体字,并根据现代汉语语言规范对标点符号进行了统一处理。必须说明的是,编者仅就明显的语言错误做出修正,在文从字顺的前提下,尽可能保留了特定时代的语言风格。

当然,也由于时代的局限,书中存在一些与当今理念相悖之处,考虑到还原作品原貌,均视作虚构文学素材予以保留。读者阅读此书,当能明辨。

160	149	137	126	115	105	93
刘姥姥	邓家庄	教场打拳	洞庭红	巡检招婿	大言牌	火烧安乐村

目录

1 秦琼卖马

12 李先锋

23 生死朋友

34 马赞报仇

45 陈琳救主

58 龙图奇案

69 珍珠旗

80 花痴

秦琼卖马

国韵小小说

秦琼卖马

话说隋朝时代，山东济南府地方，有一个英雄好汉，姓秦名琼字叔宝，学得一身好武艺，有万夫不当之勇，充当济南本府一名捕快。与捕快都头姓樊名虎号建威，也有过人气力者最相好，结交往来。

一日，本府刘刺史发下一起盗犯，律该充军，发往平阳驿潞州府收管。恐山西地面有失，当堂就点了叔宝、樊虎二人押解。樊虎解往平阳驿，秦琼解往潞州。叔宝回家中收拾行李、拜别母亲，同樊虎将一起人犯解到长安司挂号，然后向山西进发。正直暮秋天气，到了关口分了行李，各带犯人分路而去。叔宝到了潞州，住在王小二店中，就把犯人带到衙门投过了文。等到发出来，看禁子把人犯收监，领了回批，出府回店。店小二看见道："秦爷可否把账算算？"叔宝道："这是正理。"就打开箱子在里边一摸，吃了一惊。岂意因在关口与樊虎分行李时，有一宗银子是州里发出做盘费的。库吏因樊虎与叔宝交厚，故一总兑与樊虎。这宗银子都在樊虎身边，分别时行李、文书件件分开，只有银子不曾分得。心内踌躇。店小二见如此，即时变脸。叔宝道："小二哥且莫忙，我还未去。因我有个朋友到泽州投文，盘缠银两都在他身边，等他来会，我方有银子还你。"小二听了这话，暗想他若把马骑走了，叫我哪里去讨这银子。不如把他批文留住,倒是稳当。就向叔宝道:"秦爷既不起身回去,这批文是紧要的,可拿到里面交拙荆收藏,你也好放心盘桓。"叔宝不知是计,就将批文递与王小二收了。日日去到官塘大路,盼望樊虎回来,望了许久,不见樊虎的影子。受了小二无数冷言冷语。忽然想道:"我有两条祖传的金装锏。今日穷甚,可拿到典铺押当些银子还他饭钱,也可还乡。待异日把钱来赎不迟。"主意定了,就走到三义坊当铺里来,将锏放在柜上。当铺的人见了道:"兵器不当,只好作废铜称。"叔宝见管当的装腔,没奈何说道:"就作废铜称罢。"当铺人拿大秤来称,两根锏重一百二十八斤,又要除些折耗,四分银子一斤,算该五两银子,要多一分也不当。叔宝想:"四五两银子如何济得事!"依旧拿回店来。

王小二见了道:"你说要当这兵器还我,如何又拿回来?"叔宝托词应道:"铺中说兵器不当。"小二说:"既如此,你再寻值钱的当罢。"叔宝道:"小二哥你好无理,我公门中当差,除了这随身兵器,难道有金珠宝物带在身边不成?"小二道:"既如此,你一日三餐,我如何顾得你。你的马若饿死了也不干我事。"叔宝道:"我的马可有人要否?"小二道:"我们潞州城里都是要代脚力的,马若出门就有银子。"叔宝道:"这里马市在哪里?"小二道:"就在西门大街上,五更开市,天明就散。"叔宝道:"明早去吧。"

这一夜,叔宝如坐针毡。睡到五更时分,把马牵出门,走到西市。那马市已开，但见王孙公子往来不绝。见着叔宝牵了一匹瘦马，都笑他这穷汉牵着劣马来此何干！叔宝闻言，对着马道："你在山东时，何等威风！如何今日就垂头落颈。"又把自己身上一看道："怪你不得，我今衣衫褴褛，也是这个模样。只为少了几个店账弄得如此，何况于你。"遂长叹一声。见市上没有人睬他，把马牵回。因空腹出门，一时闭着睡眼，顺脚走过马市。时城门大开，乡下人挑柴进城来卖，那柴上还有些青叶。马是饿极的，见了青叶一口扑去，将卖柴的老儿冲了一跤，喊叫起来。叔宝如梦中惊觉，急去扶起老儿。那老儿看着马问道："果是卖的。这市上的人哪里看得上眼。这马膘虽瘦了，缠口实是硬挣，还算是好马。"叔宝闻言欢喜道："老丈你既识得此马，要到哪里去卖？"那老儿道："要卖此马，有一处去包管成交。"叔宝大喜道："老丈你同我去，卖得时送你一两茶金。"老儿听说欢喜道："这西门十五里外有个二贤庄，庄上主人姓单名雄信，排行第二，人称他为二员外，常买马送与朋友。"叔宝闻言，如醉方醒，暗暗自悔失了检点。在家时闻得人说潞州单雄信是个招纳好汉的英雄，我如何到此许久不去拜他！如今衣衫褴褛，若去拜他，也觉无颜。又想道，我今只认作卖马的便了。就叫老丈引进。那老儿把柴寄在豆腐店，引叔宝出城。行了十余里路，见一座大庄院，古木阴森、大厦云连。这庄上主人单雄信，一身好本领，专好结交豪杰，处处闻名。

一日闲坐厅上，只见苏老走到面前，行了一礼，雄信回了半礼。苏老道："老汉今日进城，见着一个汉子牵匹马卖。看那马虽瘦，却是千里龙驹。特领他来，请员外出去看看。"雄信遂走出来。叔宝隔溪望见雄信：身长一丈，面若灵官，青脸红发，衣服整齐。走过桥来，将马一看：高有八尺，遍体黄毛如金丝细卷，并无半点杂色。双手用力向马背一按，雄信膂力最大，这马却分毫不动。看完了马方与叔宝见礼道："这马可是足下要卖的？"叔宝道："是。"雄信道："要多少价钱？"叔宝道："人贫物贱，不敢言价，只赐五十两足矣。"雄信道："这马讨五十两不多，只是膘跌太重，不加细料喂养，这马就是废物了。今见你说得好，与你三十两罢。"言讫，就转身过桥去了。叔宝只得跟过桥来，口里说道："凭员外赐多少罢了。"雄信到庄，立在厅前，叔宝站于月台旁边。雄信叫手下人把马牵到槽头上些细料。因问叔宝："足下是哪里人？"叔宝道："在下是济南府人氏。"雄信听得济南府三字，就请叔宝进来坐下。因问道："济南府我有个慕名的朋友，叫秦叔宝，在济南府当差，兄可认得否？"叔宝随口应道："就是在下。"即住口不言。雄信失惊道："得罪。"忙走下来。叔宝道："就是在下同衙门朋友。"雄信方立住道："如此失瞻了，请问老兄高姓？"叔宝道："贱姓王。"雄信道："小弟要带个信与秦兄，不知可否？"叔宝道："有尊札，尽可带得。"雄信入内封了三两程仪、潞绸两匹并马价，出厅前作揖道："小弟本欲寄一封书,托兄奉与叔宝兄。因不曾会面,恐称呼不便。只好烦兄道个小弟仰慕之意罢。这是马价三十两,外具程仪三两、潞绸二匹,乞兄收下。"叔宝辞不敢收,雄信执意送上,叔宝只得收了。雄信留饭,叔宝恐露真名姓,急辞出门。

苏老跟叔宝到路上,叔宝将程仪拈了一锭,送与苏老,苏老欢喜称谢去了。叔宝自往西门而来。正是午牌时候,腹中饥饿。走入酒店来,拣个座头坐下,把银子放在怀内,潞绸放在一边。酒保摆上酒肴,叔宝吃了几杯。只见外边走进一个人来,叔宝却认得是向来交好的王伯当,连忙把头回转了。这王伯当,乃金山人氏,曾做武状元,技艺绝伦。因见奸臣当道,故此弃官,遍行天下,结交英雄。这日在潞州走到店中饮酒。叔宝回转头时,早被伯当看见。便问道:"那位好似秦大哥,为何在此?"就走近来。叔宝只得起身,叫声:"伯当兄,正是小弟。"伯当一见叔宝这般光景,连忙把自己身上团花战袄脱下,披在叔宝身上。叫声:"秦大哥,你为何到此弄得这样?"叔宝与他见过了礼,方把前事细说一遍:"今早牵马到二贤庄,卖与单雄信三十两银子。他问起贱名,弟不与明说。"伯当道:"他既问起兄长,如何不道姓名与他?他若知是兄长,不但不收兄马,必定还有厚赠。如今兄同小弟再去便了。"叔宝笑道:"我若再去,方才便道姓名与他了。如今卖马有了盘费,回了店内,收拾行李,就要起身回乡了。"伯当道:"兄不肯去,弟也不敢相强。兄长住店却在何处?"叔宝道:"在府前王小二店内。"伯当点头,便叫酒保添上酒肴畅饮。于是二人作别,伯当往二贤庄去了。

叔宝回到店内。小二见没有了马,知是卖了,便道:"秦爷,这回好算账了。"叔宝也不言语,把房饭银算还于他,取了批文,把双锏背上肩头。又恐雄信追来,故此连夜出城,往山东而去。

那王伯当到二贤庄,雄信出迎。伯当道:"单二哥你今日做了不妙的事了。"雄信忙问何事。伯当道:"你可曾买一匹马?"雄信道:"马是买的,兄如何得知?"伯当道:"方才卖马的对我说道,你贪小利而失了个有名望的人。"雄信道:"他不过是个好手,有何名望?"伯当道:"他的名望比别个不同。你可知道他的名姓否?"雄信道:"我问他,他说济南府人姓王。我便问起秦叔宝,他说是他的同班。我就请他进里面坐。"伯当闻言,哈哈大笑道:"可惜你当面错过!他正是秦叔宝。"雄信吃惊道:"啊呀!他如何不肯通名。如今在哪里?"伯当道:"就在府前王小二店内。"雄信就要赶去。伯当道:"天色已晚,赶进城来不及了,明早去吧。"雄信性急,二人吃了一夜酒。天色微明,就上马赶到小二店前下马,问小二道:"有名望的山东秦爷可在店里?"小二道:"秦爷昨晚起身去了。"雄信闻言就要追赶。忽见家将跑来叫道:"二员外不好了,大员外在楂树岗被唐公射死了,如今棺木到庄了。"雄信闻言大哭道:"伯当兄,弟不能去赶叔宝兄。望兄见时多多致意,代为请罪。"说罢飞马回去了。伯当亦自回去。

再说叔宝恐雄信赶来,走了一夜,自觉头痛。又走十余里,不料脚软,不能前进。见路旁有一东岳庙,叔宝奔入庙来,要去拜台上坐坐。忽然头昏,仰后一跤,一声响倒在地上,肩上双锏竟把七八块砖打碎了。惊得道人慌忙来扶,哪里扶得动,只得报知观主。这观主姓魏名征,维扬人氏,曾做吉安知府,因见奸臣当道,挂冠修行,从师徐洪客在此东岳庙。半月前,徐洪客云游别处去了。当下魏征闻报,连忙出来。见叔宝倒在地上,面红眼闭,口不能言,就与叔宝诊脉。便道:"这汉子只因失饥伤饱,风寒入骨,故有此症。"即叫道人煎金银汤,化了一服药与叔宝吃了,渐渐能言。魏征问道:"你是何处人氏,叫何名字?"叔宝将姓名并前事说了一遍。魏征道:"兄长既如此,且在敝观调养好了回乡不迟。"吩咐道人在西廊下打铺,扶叔宝去睡了。魏征日日按脉用药与叔宝吃。过了几天。

一日道人摆正经堂,只等员外来就要开经。原来就是单雄信,因哥哥死了,在此诵经。一时雄信到了,在大殿参拜圣像。只见家丁把道人打嚷,雄信喝问何故。家丁道:"可恶这道人,昨日吩咐他打扫洁净,他却把一个病人睡在廊下。故此打他。"雄信大怒,叫魏征来问。魏征道:"员外有所不知,这个人是山东豪杰,七日前得病在此,贫道怎好赶他。"雄信道:"他是山东人,叫何名姓?"魏征道:"他姓秦名琼号叔宝。"雄信闻言大喜,跑到廊下。此时叔宝见雄信来,恨不得有个地洞钻下去。雄信走到面前,扯住叔宝的手,叫声:"叔宝哥哥,想煞我也。"叔宝回避不得,起来道:"秦琼有何德能,蒙员外如此见爱。"雄信看他形状,不觉泪下道:"哥哥你前日见弟,不肯实说。后伯当兄说知,次早赶至店内,不料兄连夜启行。正欲追兄,忽遭先兄之变,不能赶来,谁知兄落难在此。皆弟之罪也。"叔宝道:"弟因贫困至此,于心有愧,所以瞒了仁兄。"雄信吩咐魏征做道场,叫家丁扶秦爷换了衣服,又叫一乘轿子抬了叔宝。雄信上马,径回二贤庄。叔宝要叙礼,雄信扯住道:"哥哥贵体不和,何必拘此客套。即请医生调理,不消半月,这病就治好了。"雄信备酒接风。叔宝把前事细说一遍,雄信把亲兄被唐公射死之事告知叔宝,十分叹息。

却说樊虎到泽州,得了回文,料叔宝亦已回家,故直回济南府。完了公事,闻叔宝尚未回来,就去到秦家安慰老太太一番。又过了半月,还不见叔宝回来。秦老太太十分疑虑,叫秦安去请樊虎来。太太说道:"小儿还不见回来,我恐怕他病在潞州。今老身写一封书,欲烦大爷至潞州走一趟,不知你意下如何?"樊虎道:"伯母吩咐,小侄敢不从命!明日就去。"接了书信,太太取出十两银做路费。樊虎坚辞不受说:"叔宝兄还有银两在侄处,何用伯母费心!"遂离秦家,入衙告假一月。

次日起程,向山西潞州府来。行近潞州,忽然彤云密布、朔风紧急,落下一天雪来。樊虎见路旁有所东岳庙,忙下马进庙避雪。魏征一见问道:"客官何来,有何公干?"樊虎道:"我是山东来的,姓樊名虎,因有个朋友在潞州许久不回,特来寻他。今遇这样大雪,难以行走,到宝观借坐一坐。"魏征又问道:"客官所寻的朋友,姓甚名谁?"樊虎道:"姓秦名琼,号叔宝。"魏征道:"此人前月曾在庙病了数日,近来在西门外二贤庄单雄信处。"樊虎听了,就要起身。魏征道:"这般大雪,如何去得。"樊虎道:"无妨,我就冒雪去吧。"就辞魏征上马向二贤庄来。到了庄门,对庄客道:"今有山东秦爷的朋友来访。"庄客报入。雄信、叔宝闻言,遂走出来。叔宝见是樊虎,就叫建威兄:"你因何到这时才来?我这里若没有单二哥,已死多时了。"樊虎道:"弟前日在泽州,料兄已回,及弟回济南,多时不见兄长回来。令堂挂念,差弟来寻。方才遇魏征师父指引至此。"叔宝就把前事说了一遍。樊虎取出书与叔宝看了,叔宝即欲回家。雄信道:"哥哥,你去不得。今贵恙初安,冒雪而回,恐途中病又复作,难以保全。万有不测,使老夫人无靠,反为不孝。依弟主意,先烦建威兄回济南,安慰令堂。且过了残年,到二月中,送兄回去。一则全兄母子之礼,二则尽弟朋友之道。"樊虎道:"此言有理,秦兄不可不听。"叔宝只得允诺。雄信吩咐摆酒与樊虎接风。过了数日,天色已晴,叔宝写了回信,雄信备酒饯行。取出银五十两、潞绸五匹,送与秦母。另银十两、潞绸五匹,送与樊虎。樊虎收了,辞别雄信、叔宝回济南去了。

雄信只因欲厚赠叔宝,恐叔宝不受,只得暗暗把黄骠马养得雄壮。照马的身躯,叫匠人打一副镏金鞍辔并踏镫。又把三百六十两银子打做数块银板,放在一条缎被内。一时未备,故留叔宝在此。那叔宝在二贤庄过了残年,又过灯节,辞别雄信。雄信摆酒饯行,饮罢,雄信叫人把叔宝的黄骠马牵出来。鞍镫俱全,铺盖放在马上,双锏挂在两旁。叔宝见了道:"何劳兄长厚赐鞍镫。"雄信道:"不过尽小弟一点心耳。"又取出潞绸十匹、白银五十两,送与叔宝为路费。叔宝推辞不得,只得收下。雄信送出庄门,叔宝辞谢上马去了。

夺先锋

国韵小小说

夺先锋

话说隋末唐初的时候,有一位英雄,姓秦名琼字叔宝,善使银枪,精通锏法。他的家世容后表明。有一年,因他在潞州府皂角林地方误伤人命,遂定了个发配河北燕山罗元帅标下为军的罪名。

一日,潞州府知府蔡建德升堂,在牢中取出秦叔宝,当堂上了行枷。点了两名解差,一个姓金名甲,一个姓童名环。二人领了文书,带了叔宝,出得府门,早有单雄信等一班朋友接着,同到酒店饮酒。雄信道:"这燕山也是个好地方,弟有几个朋友在彼,一个叫张公瑾是帅府旗牌,又有两个兄弟叫尉迟南、尉迟北,现为帅府中军。弟今有与张公瑾一书,兄可带去。他住在顺义村,兄一至燕山必先到他家下了书,然后再去投公文。"说罢,随即将书付与叔宝。叔宝收书谢道:"弟蒙二哥照拂,此恩此德何时可报!"雄信道:"叔宝兄说哪里话!朋友有难,理应相援。若坐视不救,尚要朋友何用!兄此行尽可放心,老伯母处,弟自差人安慰,不必挂念。"叔宝闻言十分感谢。饮毕出店,别了雄信,径投河北而去。

行了数日,将近燕山。看看天色已晚,三人遂下了客店。叔宝问主人道:"这里有个顺义村吗?村中有个张公瑾,可晓得吗?"店主人道:"怎么不晓得,他是帅府旗牌官!近来元帅又选了一个领军,名叫史大奈。帅府规矩，凡领职的演过了武艺，恐还没有本事。必须在顺义村土地庙前造一座擂台，限一百日，没有人打倒他才有官做。如今史大奈在顺义村将有一百日了，若明日没有人来打，这领军官是他的了。张公瑾、白显道二人日日在那里经管，你们若要寻他，明日只到庙前去寻便了。"叔宝闻言欢喜。

次日吃过早饭，算还饭钱，三人便向顺义村土地庙来。到了庙前，果见一座擂台，高有一丈、阔有二丈，周围挂着红彩。叔宝等正在观看，忽见远远有三人骑马而来。到了庙前，各个下马，随后有人抬了酒席，供于神前香案。一人拜过神像，转身出庙，脱了团花战袍，把头上扎巾按一按，身上穿一件皂缎紧身。跳上擂台，打了几回拳棒。在台上叫道："小可史大奈，奉命在此摆擂，今已百日满期。若有人敢上台来与我交手，降服得我，这领军职分便让与他。"连问数声，无人答应。那童环对叔宝、金甲道："你看他目中无人，待我去打他下来。"遂大叫道："我来与你放对。"说毕，便向台上一跳。史大奈见有人来，忙立一个门户等候。童环一上台，便使个探马势，抢将进来。被史大奈把手虚闪一闪，将左足飞起，一腿打去，童环正要接他的腿，不想史大奈力大，早把童环撞下擂台去了。金甲大怒，奔上台来，使个大火烧天势，抢将过来。史大奈把身一侧，回身假走。金甲上前大叫道："你往哪里走！"便拦腰抱住，要推史大奈下去。

却被史大奈用关公大脱袍势,把手反转在金甲腿上一挤,金甲一阵酸麻,手略一松,被大奈两手开个空,回身一抬膀子,喝声"下去",扑通一声把金甲打下台来。旁观的人不觉齐声喝彩。叔宝看了大怒,也就跳上擂台,直奔史大奈,两个打起来。史大奈用尽平生气力,把全身本事都拿出来招架,下面看的人齐声呐喊。他两个正打得落花流水,却有张公瑾跟来的家将看见势头不好,忙走入庙,叫声:"二位爷不好了,史爷今日遇着敌手,甚是厉害。小的看史爷有些招架不住了。"二人闻说,吃了一惊,忙跑出来。张公瑾抬头一看,见叔宝人才出众,暗暗喝彩。便问众人道:"列位可知道台上好汉何人?"金甲道:"他是山东秦叔宝。"张公瑾闻言大喜。望台上叫道:"叔宝兄住手。岂不闻君子成人之美!"叔宝听了,心中暗想:"我不过见他打了金甲、童环一时气愤与他交手,何必坏他名职!"就虚闪一闪,跳下台来。史大奈也下了台。叔宝道:"不知哪位呼我的名?"公瑾道:"就是小弟张公瑾呼兄。"叔宝闻言,上前见礼道:"小弟正要来拜访张兄。"公瑾就请叔宝等三人来至庙中,各个见礼。现成酒席,大家坐下。叔宝取出雄信的书递与公瑾,公瑾拆开一看,内说叔宝根由,要他照顾之意。公瑾看罢,对叔宝道:"兄诸事放心,都在小弟身上。"当下略饮数杯。公瑾吩咐家将备三匹马,与叔宝等三人骑了,六人上马回到村中,大摆筵席款待叔宝。

及至饮罢,公瑾就同众人上马进城来到中军府。尉迟南、尉迟北、韩实忠、李公旦一齐迎入。见了叔宝等三人叩问来历,公瑾道:"就是你们时常所说的山东秦叔宝,难道不认得吗?"四人闻言,忙请叔宝见礼,并问:"为何忽然到此?"公瑾把单雄信的书与众人看了,尉迟兄弟只把眉头紧锁,长叹一声道:"元帅性子十分执拗,凡有解到罪人,先打一百杀威棍。十人解进,九死一生。今雄信兄将叔宝兄托在你我身上,这事怎处?"众人听了,面面相看,无计可施。李公旦道:"列位不必愁烦,弟有个计策在此,我知元帅生平最怕的是牢瘟病,若罪人一犯此病就不打了。恰好叔宝兄面色金黄,很像有病,何不就装作牢瘟病呢?"公瑾道:"此计甚好。"

次日天明,众人同到帅府前伺候。少刻帅府开门,张公瑾自回旗牌班。白显道归左领军,尉迟南、尉迟北到中军官,韩实忠、李公旦到右统制班,一齐上堂参见。随后又有辕门官、听事官、传宣官同五营四哨副将、牙将上堂打拱。唯有史大奈不曾授职,在辕门外伺候。金甲、童环将一扇板门抬着叔宝,等候投文。

那罗元帅坐在堂上,两旁明盔亮甲,密布刀枪,十分严整。众官参见后,张公瑾上前跪禀道:"小将奉令在顺义村坚守擂台,一百日完满,史大奈并无敌手。特来缴令。"说毕,站过一边。罗公便命史大奈进来,实授右领军之职。史大奈叩头称谢,归班站立。然后叫投文的进来。金甲、童环火速上前,捧着文书在仪门内远远跪下。旗牌官接了文书,当堂拆开送上。罗公看罢,叫把秦琼带上来。金甲跪禀道:"犯人在路上不服水土,犯了牢瘟病,不能前进。如今抬在辕门,候大老爷发落。"罗公从来很怕牢瘟病,今见禀说,又恐他假装,遂叫抬进来亲看。金甲、童环忙把叔宝抬进,罗公远远望去,见他面色焦黄、乌珠定着,真个认作牢瘟病。就把头一点,吩咐将犯人发下去调养。刑房发回文书,两旁一声答应,金甲、童环叩谢出来。罗公退堂封门。那张公瑾等都到外面,替叔宝道喜。后又同到尉迟南家中摆酒庆贺。

　　罗公退堂,见公子罗成来接,便问道:"你母亲在哪里?"罗成道:"母亲早上起来,不知为什么愁容满面,如今却在房中啼哭。"罗公忙到房中,果见夫人眼泪汪汪,坐在一边。便问夫人为何啼哭。夫人便道:"妾每日思念先兄为国捐躯,尽忠战死。撇下寡妇孤儿不知逃往何方,存亡未卜。昨夜梦中,忽见先兄说道,你侄儿有难发配在此,须念骨肉之情,好生看顾。妾身醒来,想起伤心,故此啼哭。"罗公道:"令侄不知叫何名字?"夫人道:"但晓得他乳名叫太平郎。"罗公心中一想,对夫人道:"方才早堂,山西潞州府解来一名军犯,名唤秦琼,与夫人同姓。令兄托梦,莫非应在此人身上?"夫人惊道:"不好了!若是我侄,这一百杀威棍如何当得起!"罗公道:"那杀威棍却不曾打,因他犯了牢瘟病,所以我就从轻发落了。"夫人道:"如此还好。但不知那姓秦的军犯是哪里人氏？"罗公道："我却不曾问得。"夫人道："妾身怎能亲见那人，盘问家下根由？倘果是我的侄儿，也不负我先兄托梦。"罗公道："这也不难，如今后堂挂下帘子，差人去唤这军犯复审，那时我将他细细盘问。夫人在帘内听他是与不是，就明白了。"夫人闻言称善，便至后堂坐下，命丫鬟挂下帘子。

罗公取令箭一支交与旗牌官曹彦兵，即将秦琼带到后堂复审。彦兵接过令箭，忙到尉迟南家中，说元帅令箭在此，要带秦大哥在后堂复审。众人闻说，不知何故，面面相看，全无主意。叔宝无奈，只得随彦兵来到帅府，领进后堂，上前缴令。叔宝远远偷看，见罗公坐在虎皮交椅上，两旁站几个青衣家丁，堂上挂着珠帘。只听得罗公叫秦琼上来，家将引叔宝到阶前跪下。罗公道："秦琼，你是哪里人氏，祖上什么出身，因何犯罪到此？"叔宝暗想他问我家世，必有缘故。便说道："犯人济南人氏，祖名秦旭，乃北齐亲军。父名秦彝，乃齐主驾前伏虏将军，可怜为国捐躯，战死沙场。只留犯人，年方五岁，母子相依，避难山东。后来犯人蒙本府抬举，点为捕盗都头，去岁解犯到潞州，在皂角林地方误伤人命，发配到大老爷这里为军。"罗公又问："你母亲何氏，你可有乳名吗？"叔宝道："犯人母亲宁氏，我的乳名叫太平郎。"罗公又问："你有姑娘否？"叔宝道："有一个姑娘，犯人三岁时，他就嫁与姓罗的官长，至今杳无音信。"罗公大笑道:"远不远于千里,近只近在目前。夫人,你侄儿在此,快来相认。"秦夫人推开帘子,急出后堂,抱住叔宝放声大哭,口叫太平郎我的儿,你嫡亲姑娘在此。叔宝不知就里,吓得遍身发抖道:"啊呀夫人不要错认,我是军犯。"罗公站起身来叫声:"贤侄,你不必惊慌,老夫罗艺是你的姑夫,他就是你的姑娘,一些不错。"叔宝此时如醉方醒。大着胆子,上前拜见姑夫姑母,不免也掉下几点泪来,又与表弟罗成见过了礼。罗公吩咐家人服侍秦大爷沐浴更衣,备酒接风,饮至更深方散。即时吩咐家人收拾书房,请秦大爷安睡。

次日叔宝起来,先到中军府谢过众友,然后仍回帅府,到后堂请姑夫姑母安。罗公夫妇吩咐摆酒,席间罗公问些兵法,叔宝应答如流,夫妻二人甚是欢喜。当下酒散,叔宝自回书房。罗公对夫人道:"我看令侄人才出众,兵法甚熟,意欲提拔他做一官半职。但我从来赏罚严明,况令侄是一个配军,到此并无尺寸之功,若加官职恐众将不服。我意欲下教场演武,使令侄显一显本事,那时将他补在标下,以服众心。不识夫人意下如何?"夫人道:"若得如此,妾身感激不尽。"罗公闻言,遂即传令五营兵将整顿队伍,明日下教场操演。

次早罗公冠带出堂,放炮开门,众将行礼毕。罗公上了轿,轿后叔宝、罗成与众将跟随,一路往教场,十分威武。及到了教场,放起三个大炮。罗公到演武厅下轿,朝南坐定,众将参见。五营兵丁各分队伍,站立两旁。罗公下令三军演武。一声号炮,三军踊跃,战马咆哮,依队行动,排成阵势。将台上令字旗一展,二声号炮,鼓角齐鸣,人马奔腾,杀气漫天。又换了阵势,呐喊摇旗,互相攻击,有鬼神不测之妙。及三声号炮,一棒金锣,收了阵势,三军各归队伍,众将进前射箭,射中的磨旗摇鼓,不中的吊胆惊心。

少停,射箭已完。罗公又传令下来,唤山西解来的军犯秦琼。叔宝闻唤,连忙上前跪下叩头。罗公道:"今日本帅操兵,非为别事,欲选一名先锋,不论马步兵丁,囚军配犯,只要弓马精熟,武艺高强,即授此职。你可有什么本事,不妨演来!"叔宝禀道:"小的会使双锏。"罗公吩咐赏他坐马。军政官闻令,便给其战马。叔宝提锏上马,发开四蹄,跑将下来。把锏一摆,兜回坐马,勒住丝缰,在教场中间往来驰骋,两支银锏使将开来。起初还见他一上一下,或左或右,护顶蟠头,前遮后躲。舞到后来,但听得呼呼风响,万道寒光。这两支锏宛如银龙摆尾,玉蟒翻身,只见银光不见人。罗公暗暗喝彩,罗成不住称赞,军将看得眼花。片时使完,收了锏,叔宝下马,上前缴令。罗公赞一声好。便问两边众将道:"秦琼锏法精明,本帅意欲点他为先锋,你们可服吗?"言未毕,忽闪出一员战将大叫道:"小将不服。"叔宝抬头一看,见此人身高八尺,紫草脸,竹根须,戴一顶金盔,穿一副金甲,姓伍名魁。罗公见他不服,大怒道:"我操兵演武,量材擢用,众将俱服,何独你一人不服!"伍魁道:"元帅差矣!

秦琼是一个配军,并无一些功劳,元帅突然补他为先锋。若是小将等久战沙场,屡立战功,不知该居何职!元帅赞他的锏天上少,地下无。据小将看来,也只平常,内中还有不到之处。"罗公闻说,唤过秦琼大喝道:"你怎敢将这些学不全的锏法来搪塞本帅!"叔宝暗想:"这秦家锏天下无双,为何被此人看低了,难道此人的锏法比我家又高吗?"以心问心,未肯就信。只得认个晦气跪下禀道:"小的该死,望元帅爷开恩恕罪。"罗公心内明白,怎奈伍魁作对,难以措置。只得又问道:"你还有什么本事?"叔宝道:"小的能射天上飞鸟。"罗公大喜,命军政官给副弓箭。叔宝站起来,伍魁大叫道:"秦琼,你好大胆,乃敢戏弄元帅,妄夸大口。少刻没有飞鸟射下来,我看你大话如何说得成?"叔宝道:"巧言无益,做出便见。我若射不下飞鸟,自甘认罪,何用将军如此费心,为我担忧。"伍魁闻言,气得面皮紫涨,大怒道:"你这该死的配军,敢顶撞俺老爷!也罢,你若有本事射下飞鸟,俺把这颗钦赐的先锋印输与你。如射不下来,你便怎的?"叔宝道:"若射不下来,我就把首级输与你。"罗公道:"军中无戏言。"吩咐立下了军令状。

　　叔宝此时拈弓搭箭,仰天遥望飞鸟。恰有两只饿老鹰抓了雏鸡,飞在天空,一路争夺前来。雌的抓着鸡在下,雄的扑着翅在上,带夺带飞,追将过来。叔宝见了,便扯弓发箭,但听得嗖的一声,把两只鹰和那小鸡一箭贯胸,射将下来。大小三军齐声呐喊,众将拍掌称奇。军政官去拾了一箭双鹰,同叔宝上前缴令。罗公看了赞道:"好神箭也!"心中不胜欢喜。当下唤过伍魁说道:"秦琼已经射下飞鸟,你还有什么话讲?快取先锋印与他!"伍魁道:"元帅说哪里话?俺这先锋印乃朝廷钦赐,岂可让与军犯秦琼!"罗公闻言大怒道:"你既立了军令状,为什么又要翻悔?"伍魁道:"秦琼果有本事,敢与俺比一比武,胜得俺这口大刀,就把先锋印让与他。"罗公唤秦琼过来道:"本帅命你同伍魁比武,只许胜,不许败。"叫军政官给予盔甲,叔宝遵令,全装披挂,跨马抡锏。

只见伍魁催开战马,举钢刀大叫道:"秦琼快来受死!"双手舞刀,劈面砍来。叔宝双锏架住,战了十余合。叔宝用锏打去,伍魁把刀来迎,那锏打在刀口上,火星乱迸,震得伍魁两膀酸麻,面皮失色。耳边但闻呼呼风声,两条锏势如骤雨,弄得伍魁这口刀只有招架之功,并无还兵之力。只得虚晃一刀,思量逃走,却早被叔宝右手的锏在前胸一打,护心镜震得粉碎,登时仰面朝天,一跤跌于马下,竟为马足蹋死。可怜伍魁只因妒忌秦琼,反害了自己性命。当时罗元帅看了,吩咐将伍魁尸骸用棺盛殓。命军政官取先锋印与叔宝,叔宝穿了先锋衣甲,谢过元帅,同元帅回府。观于秦琼此事,可见凡人只要有真实本领,不患无出头之日。秦琼之得先锋,虽云出罗公抬举,然使秦琼不能战胜伍魁,则罗公亦爱莫能助。此所以人贵自立,而依赖不足恃也。

生死朋友

国韵小小说

生死朋友

话说唐朝玄宗皇帝在位,年号开元。此时的宰相姓郭名震,字元振,河北武阳县人氏。他有一个侄儿名叫仲翔,具有文武全才,只因为人豪侠尚气、不拘小节,所以人不敢举荐。他父亲见其年长无成,遂写了一封信,教他到京里去见伯父,求个出身之地。仲翔便领命至京,见了伯父,述明来意。元振道:"要求出身不难,但丈夫处世,贵乎自立。纵不能登高科,亦当效班定远投笔从戎,立功异域。方不虚此一生。"仲翔闻言,唯唯听命。时适南方蛮洞作乱,侵扰沿边州县。朝廷特授李蒙为姚州都督,命其调兵进剿。李蒙领了圣旨,临行之际,特往相府辞别,并请教用兵方法。元振道:"昔诸葛武侯七擒孟获,但使蛮人心服而已。将军此去,慎重行之,必能得心应手。舍侄仲翔尚有才干,弟意欲叫他同行,俾他辅助将军,立功报国。"李蒙闻言,满口答应。元振遂命仲翔出见。李蒙见仲翔仪表非凡,相谈之下,知其才兼文武,甚为欢悦。即署仲翔为行军判官之职。

仲翔辞了伯父,跟着李蒙起程。行至剑南地方,有同乡一人,姓吴名保安,字永固。现任东川遂州州尉,与仲翔自幼同学,十分相得。今见仲翔随了李蒙,带领雄兵浩浩荡荡去剿南蛮,一旦立功回来,名扬万古,不胜羡慕。乃即修书一封寄与仲翔,要他在李蒙面前举荐。仲翔接到了信,一则幼时好友,二则知他才学确在自己之上,便竭力荐与李蒙。李蒙遂备了文书,差人到遂州去,调吴保安充为书记。才打发差人起身,即据探马报称:蛮贼猖獗,逼近内地。李蒙得报,立命星夜趱行。到了姚州,正遇着蛮兵抢掳财物,不及准备,被官军一掩,都四散乱窜不成队伍。直杀得他尸积如山,血流遍野。官军复乘势追逐五十里,方才下寨。仲翔谏道:"蛮人贪诈无比,今将军一战而胜,威名大震。宜班师暂回姚州,遣人先播威德,使其诚服来降。不可深入其地,恐中奸谋。"李蒙道:"群蛮今已丧胆,不乘此扫灭,更待何时!君勿多言,但看吾破贼可矣。"

次早,李蒙遂下令全军拔寨进发。行了数日,直到乌蛮界上。只见万山重叠,草木茂盛,不知哪一条是去路。李蒙心中大疑,传令暂退,驻扎平原之处。正欲寻觅土人访问路径,忽闻金鼓之声四起,蛮兵漫山遍野而来。洞主姓蒙,名细奴罗。手执木弓毒箭,有百发百中之能。率领各洞蛮人穿林渡岭,分明与飞鸟相似,全不费力。唐兵陷于谷中,且又路生力倦,如何抵敌!李都督虽然骁勇,奈英雄无用武之地,手下将校看看将尽。叹道:"悔不听郭判官之言。致为犬羊所侮。"说罢,拔出佩刀自刎而死。于是全军尽没。其时郭仲翔也被掳去,细奴罗见他丰神不凡,问之方知是郭元振之侄,遂与本洞头目乌罗部下。

原来南蛮从无大志，只贪图中国财物，掳掠得汉人都分给各洞头目。功多的分得多，功少的分得少。分得人口不问贤愚，只如奴仆一般，斫柴削草、饲马牧羊凭他驱使，又可转相买卖。汉人到此，大半只愿死不愿生。却又有蛮人看守，求死不得。这一阵厮杀，掳得汉人甚多，其中多有有职位的。蛮酋一一审出，许他寄信到中国来，要他亲戚来赎，以图厚利。你想被掳的人，谁不思量还乡。一闻此事，不论富家贫贱，都寄信到家乡来了。就是各人的家属，除了实在没法想的，只得罢休。若有亲有眷可以借些财帛的，哪一家不想借贷去取赎！那蛮酋忍心贪利，随你孤身穷汉，也要勒取好绢三十匹，才肯放回。若上一等的，益发凭他索诈了。乌罗闻知郭仲翔是当朝宰相之侄，竟高抬赎价，索绢一千匹。仲翔想若要此数，除非伯父处可办。只是路隔万里，怎得寄一信去？忽然想起："吴保安是我知己，我荐在李都督处为书记。幸他来迟，不及于难，此时算来已到姚州，央他寄信，岂不甚便。"乃修书一封，径致保安，书中具道苦情及乌罗索价详细，并言倘念旧日之情，传语伯父早来相赎，尚可生还。不然，生为俘囚，死为蛮鬼矣。写毕，恰好有个姚州解粮官被赎放回，仲翔乘便，就将此书托其带往姚州。但是眼睁睁看他人去了，自己不得脱身，一时万箭攒心，不觉泪如雨下。

且说吴保安自那日奉了李都督文书，便把妻房张氏，和那新生未周岁的孩子，仍留在遂州。自己只带一名仆人，星夜赶来赴任。及至姚州，知李都督已兵败阵亡，不觉大吃一惊。因尚未知仲翔生死，只得暂在姚州，留心打听。恰好解粮官从蛮地放回，带有仲翔书信，吴保安拆开看了，好生凄惨。便写回书一纸，书中许他设法去赎，留在解粮官处，嘱他觅便寄往蛮中，以安仲翔之心。一面忙整行装，向长安进发。这姚州到长安有三千余里，遂州正是个顺路，保安一心为仲翔的事，竟不回家，直到京都，求见郭元振相公。谁知一月前元振已薨，家眷都扶柩回里，不禁大失所望。欲到仲翔家中通知，但是郭家本非富户，哪里拿得出千匹之绢！又值盘川用尽，只得将仆马卖去，权且使用。复身回到遂州，见了妻儿放声大哭。张氏问其缘故，保安将郭仲翔失陷蛮中之事说了一遍。如今要去赎他，无奈自己无力，使他在穷乡悬望，我心何安！说罢又哭。张氏劝他道："俗语说巧媳妇煮不出没米饭，你如今既力不从心，只好付之无可奈何罢了。"保安摇头道："吾自幼与郭君交好，今彼在生死之际，以性命托我，我何忍负之！不得郭君回国，吾誓不独生也。"保安虽如此说，但是倾家所有，估计来只值得绢二百匹，如何济事！遂决意撇了妻儿，出外为商。又恐蛮中不时有信寄来，故只在姚州左近营运。从此朝驰暮走，东趱西奔，身穿破衣，日食粗粝。一分一毫，不敢妄费，都积来为买绢之用。得一望十，得十望百，满了百匹，就寄在姚州府库。眠里梦里只想着郭仲翔三字，连妻子都忘记了。整整在外过了十个年头，不过只凑得七百匹，还未足一千之数。

再说保安之妻张氏同那幼年孩子，孤孤栖栖的住在遂州。初时还有人看州尉分上，小意思儿周济她。一连几年不通音信，就没人来过问了，家中又无积蓄，挨到十年之外，衣单食缺，万分难过。只得并几件破家伙变卖做了盘川，领了十一岁的孩儿，亲自问路，往姚州寻找丈夫。夜宿昼行，一日只走得三四十里，及将到姚州界上，盘费已尽。计无所出，欲待求乞前去，则含羞不惯。欲待寻个自尽，又舍不得亲生儿子。进退两难，束手无策。看那天色已渐渐晚下来了，急得张氏坐在路旁，放声大哭。其时适有一位官员，姓杨名安居，是新任的姚州都督，正顶着李蒙旧缺，从长安来赴任。打从这里经过，听得有妇人哀哭之声，忙停了车马，唤来询问。张氏搀着孩儿，上前哭诉道："妾乃遂州州尉吴保安之妻，此孩即妾之子也。妾夫因友人郭仲翔陷没蛮中，欲营求千匹之绢往赎。弃妾母子独往姚州，十年不通音信，妾贫苦无依，亲往寻找。粮尽路长，是以悲泣耳。"安居闻言，暗暗叹道："世间有此义士，恨我无缘识之！"乃谓张氏道："夫人休忧，下官蒙天子任为姚州都督，一到彼郡即差人寻访尊夫。夫人行李之费，都在下官身上。请到前途驿馆中，当为夫人安排。"张氏听说，赶即收住泪珠，称谢不已。杨都督遂起马先行，及张氏母子一步步挨到驿前，早已有驿官奉命伺候。问明来历，即请到空房内用膳安息。次日五鼓，杨都督命驿官备一辆车子，差人夫送张氏母子至姚州驿中居住，又赠钱十千以作零用，一面着人四处访寻吴保安下落。数日后即已寻到，便请他至都督府。安居降阶迎接，亲执其手道："下官常闻古人有死生之交，今于足下见之。尊夫人同令郎远来相觅，现在驿舍，足下且往暂叙十年之别，所需绢匹若干吾当为足下设法。"保安道："我为友尽心，理所当然。奈何累及明公。"安居道："慕公之义，欲成公之志耳。"保安叩首道："既蒙明公厚意，不敢固辞。所少三分之一请即见赐，我当亲往蛮中赎取吾友，然后与妻子相见。未为晚也。"时安居初到任，乃于库中借取官绢四百匹，赠予保安，又赠他全副鞍马。保安大喜，领了这四百匹绢，并存库的七百匹，共一千一百匹之数。骑马直到南蛮界口，寻个熟蛮往蛮中通话，将所余一百匹绢，尽数与他使费。只要仲翔回来，便心满意足了。

却说仲翔在乌罗部下，乌罗指望他重价取赎。初时好生看待，饮食不缺。过了年余，不见中国人来讲话。乌罗心中不悦，便将饮食裁减，每日只给一飧，着他看养战象。仲翔耐不得苦，思乡念切。一日，乘乌罗出外打围，放开脚步，往北而走。那蛮中都是险峻的山路，仲翔走了一日一夜，脚底都破了。一起看象的蛮子飞也似赶来，捉了回去。乌罗大怒，将他转卖与南洞主新丁蛮为奴，离乌罗部二百里之外。那新丁最恶,差使小不遂意,整百皮鞭,鞭得满身青肿,如此已非一次。仲翔熬不过痛苦,趁没人时又想逃走。争奈路径不熟,只在山凹内盘旋,又被本洞蛮子追着拿去,献与新丁。新丁不用,又卖到南方一洞去,一步远一步了。那洞主号菩萨蛮,更是厉害。晓得仲翔屡次逃走,乃取木板两片,各长三四尺、厚三四寸,命仲翔立于板上,用铁钉钉其脚面,直透板内。日间带着二板行动,夜间纳入洞中,洞口用厚木板门遮盖。本洞蛮子就睡在板上看守,一毫转动不得,两脚被钉处常流脓血,如在狱中受罪一般。

话分两头。却说熟蛮领了吴保安言语,来见乌罗,说知求赎郭仲翔之事。乌罗晓得绢足千匹,不胜心喜。便差人往南洞转赎郭仲翔回来,南洞主新丁又引至菩萨蛮洞中,交割了身价,将仲翔两脚之钉用铁钳取出。那钉头入肉已久,脓水干后犹如生成一般,今番重复取出,比初钉时更加痛苦,但见血流满地。仲翔登时闷绝,良久方醒,寸步难移。只得用皮袋盛了,两个蛮子扛抬着,直送到乌罗帐下。乌罗收足了绢匹,不管死活,遂将仲翔交付熟蛮,转送吴保安收领。保安与仲翔多年不见,今日相会,皆疑身在梦中。彼此无暇叙话,乃各抱头而哭。仲翔感谢保安,自不必说。

保安见仲翔形容憔悴、两脚受伤,好生悲感,便将马让与他骑,自己步行随后,同到姚州城内回复杨都督。原来杨安居曾在郭元振门下做过幕友,与仲翔虽未见过,却也闻元振谈及。他是个正人君子，不因元振身故，减了交情。故一见仲翔，非常欣喜。急请他沐浴更衣，并命随军医生医治两脚伤口，数日即见小愈，一月后遂平复如初。吴保安自蛮界回来，方才到驿舍中与妻子相见。当初离家时，儿子尚在襁褓，如今已十一岁了，光阴迅速，未免伤感。杨安居敬重吴保安义气，每每对人夸奖。又写信与长安贵官，称他弃家赎友之事。又厚赠川资，送他往京中补官。凡姚州一郡官府，见都督如此用情，无不厚赠。仲翔仍留为都督府判官。保安将众人所赠分一半与仲翔留下使用。仲翔再三推辞，保安哪里肯依，只得受了。次日保安谢了杨都督，遂带家眷往长安进发。仲翔直送出姚州界外，才痛哭而别。保安仍留妻子在遂州，单身到京，得升补嘉州彭山丞之职。那嘉州仍在西蜀，迎接家眷，极为方便。保安欢喜不胜，遂挈同家眷赴任去了。

再说郭仲翔在蛮中日久，深知蛮中出产珍珠宝石，价甚便宜。乃陆续差人去购，三年中购得珠宝无数。一日持来献与杨都督以报其德。安居笑道："吾念郭相公前情，又重吴生高义，故成其志。若为图报，岂非小人之见！"仲翔道："蒙明公仁德，此身再造，区区之物，不过聊表微意。公若见辞，仲翔死不瞑目矣。"安居见他诚恳，乃令最为钟爱之幼女勉强拣了几件作为装饰，余则尽行璧还。"仲翔见无可再说，把那剩下来的都给予杨公手下心腹的人，以显杨公之德。

时朝廷正追念元振功劳,要录用其子侄。杨安居乃表奏:"故相郭震嫡侄仲翔,始而进谏李蒙,预知胜败。继而陷身蛮洞,备受艰苦。归国之后又在幕府效力三年,宜叙功绩,以酬其劳。"表上,奉旨郭仲翔授为蔚州录事参军。仲翔自从离家到今十载有余,他父亲妻子闻得仲翔失陷蛮中,杳无音信,以为身死。今日忽见亲笔家书,迎接家眷赴任,不胜心喜。即收拾起身至姚州,随同仲翔赴任去了。

仲翔在蔚州做官两年,大有名誉。升迁代州户曹参军,又经三载,父亲一病而亡,仲翔遂扶柩回籍。丧葬既毕,叹道:"吾赖吴公相赎,此身即吴公所赐。因有老亲在堂,方谋奉养,未及报答私恩。今亲殁服除,正我报吴公之日矣。"乃亲往彭山县探望保安。不期保安任满以后,清贫如洗,无力赴京听调,即在彭山县居住。三年之前,夫妇患疫双亡,暂葬于黄龙寺后隙地。儿子吴天祐,现在本县训蒙度日。仲翔一闻此信,伤感不已。因穿了重孝,步至黄龙寺后向坟哭拜。祭奠已毕,寻着天祐,将自己衣服脱与他穿,呼之为弟,商议迁保安之柩,归葬故里。次日带领人夫,将墓掘开,但见只存枯骨二具,仲翔痛哭不已。遂将两副骸骨,逐节用墨做了记号,以便归葬时可以点验,装入两个绢囊,总贮一竹笼之内,亲自背负而行。天祐因为是自己父母的骸骨,不应他驮,便来夺那竹笼。仲翔哪里肯放,哭道:"保安为我奔走十年,我今暂时为之负骨,少尽我心而已。"一路且行,且与天祐说保安救他的历史。每到旅店必置竹笼上坐,将酒饭浇奠过了,然后与天祐同食。夜间亦必将竹笼安置停当,方敢就寝。自嘉州到魏郡,凡数千里,都是步行。一日到了武阳县仲翔家中,就留天祐同居,打扫中堂,设立吴保安夫妇神位。买了衣衾棺木,重新殡殓,雇匠起造坟墓,一切与自己父亲之坟无异。另立一块石碑,详记保安弃家赎友之始末。使往来读碑者尽知其事,俾垂不朽。又念天祐未娶,乃择一族中侄女与他为妻,割东边一宅房屋让他居住,并将一半家财分给天祐夫妇。诸事已毕,然后起程入京,补岚州长史,又加朝散大夫。

仲翔思念保安之德,乃具疏奏闻天子,天子览奏,发礼部详议。此事轰动了满朝官员,都说难得吴、郭二人,有如此义气,宜加委用。遂议授天祐为岚谷县尉,仲翔原官如故,奉旨依议。天祐领到文书,遂择吉上任去了。后来郭仲翔在岚州、吴天祐在岚谷都有政绩,两家世代交谊不绝。

朋友为五伦之一,是人人所不能无的,但亦不可滥交。盖今日之所谓朋友者,平时则酒食征逐,非常莫逆。及至遇急难时,他或坐视不救,甚至有落井下石的。你想这种朋友,要他何用!像吴、郭二人,才算是真朋友咧。不但可为吾辈效法,直可为千古朋友的模范了。

马赞报仇

国韵小小说

马赞报仇

语云：父母之仇，不共戴天。人莫不有父母，莫不知爱其父母。如有害其父母者，则必痛心切齿、力图报复。凡有血气者，大抵皆然，何况英雄豪杰之士乎。话说宋太祖开国之时，北汉主刘钧闻知太祖平定各镇，与群臣议曰："昔我先君与周世宗、宋帝共抱大志，逐鹿中原。不幸先君无禄，周世宗亦逝。宋帝于世宗逝后袭取其国。今既削平诸镇，宁肯与孤自霸一方乎？"谏议大夫呼延廷出奏曰："臣闻宋君英武之主，诸国尽已归降，唯陛下一隅之地，兵微将寡，岂能相抗？不如修表纳贡，以保河东，而免生民之祸。"刘钧犹豫未决。忽枢密副使欧阳昉进曰："呼延廷与中国通谋，故劝陛下纳降。堂堂一国之君，岂可屈辱？况晋阳形胜之地，帝王由此而兴。无事则籍民而守，有警则执戈而战。此势在我耳，何必轻事他人乎？乞斩呼延廷以正国法。倘或宋师致讨，臣愿独当之。"钧允奏，令将呼延廷押出处斩。国舅赵遂力谏曰："呼延廷之论，揆情度势，亦是忠言，岂有通谋中国之理？主公若辄斩之，后人何敢发议？若使宋君闻之，声罪致讨，则伐我有词耳。必欲不用，只宜罢其职而遣之。"钧然其言，下令削去官职，罢归田里。呼延廷谢恩而退，即日收拾行装，带家眷向绛州进发。只欧阳昉尚不遂意，立心欲谋杀之。唤过亲随人张青、李得谓之曰:"汝二人引健军数百人,密追呼延廷,乘其不备,须尽杀之,回来吾重赏汝。"张、李领诺,即引健军追赶呼延廷去了。

却说呼延廷家众行至石山驿,日已晚,歇下鞍马。是夜与夫人对席饮酒,自叙不幸之事。将近二更,忽听驿外喊声大震,火光连天,人报有劫贼到来。呼延廷大惊,令家人速走。张青、李得率众拥入驿中,肆行杀戮,劫掠财宝而去。只廷妾刘氏抱着幼孩走入厕中,保得性命,余俱惨死。至四更,刘氏叹曰:"谁想我家遭此劫数,使我母子何依?"放声大哭。忽有一人从旁问曰:"汝是谁家女子?何故在此啼哭?"刘氏泣曰:"妾是本国谏议大夫呼延廷偏室,因回归乡里,至此被强人劫杀。一家遇难,只留得妾身与乳子逃于此间,无计可保。"其人听罢,怒愤长吁曰:"适间杀汝夫主者,却是欧阳昉亲随张青、李得,假作强人到此。汝宜速抱其子而走,不然,二命难保。"言讫而去。

刘氏乃知为仇家所害。忽驿外喊声又起,一伙强人拥入,将刘氏与幼孩捉去。见一首领,问曰:"汝何处女子,抱着孩儿在此?"刘氏曰:"妾含冤负屈。"因将一家被害之故,备述一番。首领曰:"适夜巡人来报驿中有官宦被劫,我等正要来夺分金宝,不料有此苦事。我观汝茕茕无依,愿为汝安顿居住,抚养孩儿长成,再图后计。"刘氏自思,目前除此亦无他法,即问:"大王何姓何名?"首领曰:"我马家庄马忠也。"即引刘氏回庄,妥为安置。密遣人去驿中收殓尸首埋葬。马忠原为第一寨主,事毕,即与手下复回山寨去了。

刘氏在马家庄,安心抚养孩儿,以为报仇计。不觉光阴似箭、日月如梭,转瞬六七年,儿已长成。马忠为之取名曰福郎,延请名师,学习兵法武艺。福郎生得面如铁色,眼若铜铃,状类唐时尉迟敬德,且胆勇甚壮、血性过人。年至十四五,走马射箭,技艺娴熟。使一条浑铁枪,有神出鬼没之能。马忠见其雄勇,不胜欢喜。因认为义子,改名马赞。一日随忠出庄,见一起脚夫,扛着大石碑来到,上写道:"上柱国欧阳昉"数字。忠见了,愤怒变色。赞曰:"大人见此石碑何故不悦?"忠曰:"看着欧阳昉名字,大伤吾心。此人十五年前害却呼延廷一家姓命。闻得呼延廷有子尚在,我若见他,当与之同去报仇也。"赞怒曰:"可惜孩儿不是呼延廷之子,若是其子,便当即日报仇。"忠曰:"此事汝母颇知其详,可入问之。"赞回庄见母,问欧阳昉害呼延廷一家之故。刘氏呜咽涕泣而言曰:"我含此冤愤,今十有五年矣,汝正是呼延廷之子。"为之道其始末。赞闻之,昏闷倒地。马忠径入,仓皇救醒。赞哭曰:"孩儿今日便去报仇。"忠曰:"他是河东权臣,部下军士甚众,如何近得!须用计策图之。待我缓缓设法。"赞拜曰:"义父有何计策教我,永不忘恩。"正商量间,忽报邻寨主耿忠来访。马忠即出迎入,坐定,令赞相见。曰:"此吾义子也。"乃问耿忠来此之故。耿忠曰:"适与强人相争,赢得一匹好马,名曰'乌龙',将要送往河东,卖与欧阳丞相。因顺道特来相访。"马忠曰:"既贤弟有此好马,不如卖与赞儿,就中更有事理。"耿忠曰:"吾与兄义虽结契,情胜同胞,兄义子即吾侄也,此马便当相送。"马忠大悦,具酒款待。席上因谈起呼延廷一家被欧阳昉所害,此子是呼延廷亲生,正欲报仇,不得其策。耿忠听罢,愤然曰:"兄勿虑,吾有一计可行。"马忠曰:"弟有何策,烦指教之。"耿忠令赞近前,谓之曰:"汝今只将此马送入欧阳昉府中,称作拜见之物。他得此马,定问汝要何官职。须道不愿为官,只愿跟随相公养马。彼必喜而收留,待遇机会刺杀之,此冤可报也。"赞拜受其计。席散,耿忠醉归山寨。次日赞即拜别马忠、刘氏,上马登程而去。

却说马忠义子呼延赞,离了马家庄,径赴河东。访到欧阳昉府中,说明献马之事。门公传报进去,昉令唤入。赞跪曰:"小人近贩得骏马,特来献与相公,以为进见之礼。"昉曰:"汝何处人,是何姓名?"赞诡言曰:"小人祖居马家庄,姓马名赞。"昉曰:"此马价值几何?"赞曰:"连城。"昉听罢,因思此人必图做官,令左右问之。赞曰:"不愿为官,只愿服侍相公,在府中管理养马事。其荣已甚,不敢有他望也。"昉见赞仪表奇特,言辞清朗,不胜之喜。即收此好马,留赞在左右使唤。赞思欲行事,极意奉承,甚得昉之欢心。时值八月中秋佳节,昉与夫人在后园凉亭上饮酒赏月。昉即醉,从人扶入书院中,凭几而卧。赞随至书院,自思此处不下手,更待何时。正欲拔出短刀,忽窗外有人持灯笼进院,却是管家特来请昉安歇。赞即藏刀入鞘,叹曰:"此贼尚有余福,须再图之。"

其时,赵遂以欧阳昉专政已久,恐惹兵端。一日,奏知北汉主曰:"欧阳昉之专擅,若不早除,为害愈甚。"会将帅丁贵等并劾之。北汉主乃降昉丞相之职,宣授为团练使。昉耻与赵遂等同列,上疏辞归乡里。北汉主允其请。昉即日收拾行李,领从人离晋阳往郓州而去,不日到家。诸亲眷皆称贺,无官一身轻,昉亦甚乐。时至九月九日昉之生辰,乃备筵宴与夫人畅饮。呼延赞在外,闲坐无聊。将近二更时,独出庭外散步。见月明如昼,西风拂面,仰天长叹曰:"本为父母报仇到此,不遂其志,苍天能无怜念我耶。"不觉意兴索然,挥泪入房,偃身而卧。忽窗前起一阵怪风。赞睡中见许多人满身鲜血,走向床前,对赞曰:"汝父母被欧阳昉所害,今日可以报仇矣。"赞听得,忽然惊醒,正是一梦。犹疑未定,忽从人来叫:"马提辖,相公有事唤汝。"赞即藏利刃径入书院,见欧阳昉睡在床上。昉曰:"吾饮数杯,宿酒未醒,汝在身旁好生服侍。"赞应喏。因自忖曰:"此贼今日命合休矣。"约近四更,走出院外,见四下寂静。赞怒从心起,腰间取出利刃,寒光凛凛、杀气腾腾。复入书院,拿住欧阳昉曰:"汝认得呼延廷子否?"昉从醉梦中惊觉,吓得魂飞胆裂,连告曰:"饶我一命,家私尽归于汝。"话声未绝,利刃突入咽喉,欧阳昉大痛无声,命归阴府。赞既杀昉,径入内室,将其家人亦皆屠戮。临行以血书四句于门曰：

志气昂昂射斗牛，胸中旧恨一时休。
分明杀却欧阳昉，反作河东切齿仇。

呼延赞写罢，骑了乌龙马，连夜回见其母，具道杀欧阳昉一家事，刘氏大喜。次日与马忠相见，并告以临行留有字迹。忠问曰："字迹如何？"赞以诗告之。忠惊曰："倘汉主得知，则吾家有灭族之祸。汝速宜收拾盘费往贺兰山，投耿忠、耿亮二位叔叔，以避其难。"赞领命，即日拜辞而去。

其时，北汉政令不修，山泽之间，群雄崛起。如耿忠、耿亮之踞贺兰山，此外尚有马坤踞太行山。马忠为第一寨主，尚有张吉、罗清、柳雄玉、李建忠等并为各寨主。当时呼延赞径投贺兰山，见耿忠、耿亮，述明避难之意。忠曰："我等屯聚于此，以观时变。汝既来，则应同为寨主。"赞因建议曰："河东旁郡，多有钱粮，愿借我军士三千，往绛州劫掠而回，可应十年之用。"忠笑曰："绛州是张公瑾镇守，此人甚骁勇，未可轻视。"赞决意请行，忠不得已许之。赞率三千军攻绛州，为公瑾设伏败退。赞不敢还，单骑误走入太行山下。至夜，人马困乏，为马坤部下巡逻所获。坤令用槛车囚送绛州请赏。槛车解出山下，喽啰议曰："我大王与八寨大王有隙，倘夜分被八寨夺去，我等何以自解？不如在此权住一宵,明日早行。"因即止宿。不料八寨李建忠前入西京被捕,系狱四年,适越狱逃回,过此憩息。闻喽啰语,因思:"呼延赞世之勇士,何以被擒?吾当救之。"乃提刀直入,大叫曰:"我八寨李建忠也,谁敢监囚赞将军者休走。"众喽啰惊散而去。遂放出呼延赞,次日携回山寨。寨主柳雄玉闻之大喜。雄玉语建忠曰:"自兄去后,部下单弱,六寨罗清常来欺侮。"建忠大怒曰:"此贼再来,吾当生擒之。"忽报罗清引众已到,赞谓建忠曰:"乞借鞍马衣甲,俾赞去擒罗清。"建忠喜曰:"吾知兄定能制若也。"赞下山斗不数合,果擒清以归。清之败众报第五寨张吉,吉率众来攻。赞复斗,刺张吉于马下。败兵走投太行山报马坤,坤大怒,令长子华攻八寨,赞亦擒之。又令次子荣进,为赞刺伤而回。坤有女名金头娘,出与赞战,诈败以诱之。赞窥其计,亦不能胜。会赞之义父马忠过太行山,招赞往,谢罪修好,坤以女妻赞焉。至是各山寨群服赞之武勇,赞亦负大志,不愿以山寇老,专在寨中训练士卒,以待招安。时值宋太祖征伐河东不利而回,车驾由潞州起行,至太行山驻扎。呼延赞与李建忠议曰:"吾与河东有切齿之仇,今当下山拦宋帝驾,求衣甲三千副、弓弩三千张,备寨中演习。待帝再下河东,充为先锋,建功中国,岂不胜于为寇乎!"建忠然其言。赞遂引众下,宋诸将与战,均不能胜。太祖嘉其雄勇,允给衣甲弓弩如数。赞大悦拜受,谢恩请罪。太祖班师而回。太祖宾天,太宗即位,遂诏呼延赞、李建忠入朝。建忠以河东尚未统一,不得不留守山寨。赞即随使入朝。

北汉主刘钧闻太宗既立,招伏太行山呼延赞为将,乃集文武商议曰:"昔宋太祖曾攻我河东,未能得志。今彼新君初立,必有远图。河东之忧,其能免乎?"丁贵奏曰:"往年预备未周,使敌兵长驱直入。今军士蓄锐有年,兵甲坚利,宜下令各边关将帅严设堤防,勿使宋兵轻进,为长守计。我逸彼劳,劳而无功,自不敢正视河东矣。"钧然其奏。下令讫,又于晋阳城中,深沟高垒以自卫。消息传入汴京,太宗会群臣议征河东之策。杨光美奏曰:"河东设备坚完,未可猝下。陛下果欲图之,须乘彼有隙,然后进兵,方可成功。"太宗沉吟未决。曹彬进曰:"以国家兵甲精锐,翦太原之孤垒,如摧枯拉朽,尚何疑焉?"帝意遂决。以潘仁美为北路都招讨使、高怀德为正先锋、呼延赞为副先锋、金筒八王德昭为监军,统十万精兵,御驾亲征。以国事付太子少保赵普暂理,以郭进为太原石岭关都部署,以断燕蓟援师。

分遣已定,车驾离汴京往河东进发。兵至怀州,李建忠等率众来会,太宗并用之。次日大军抵天井关,守将铁枪邵遂自恃其勇,开关迎敌。呼延赞出马交锋,二十余合未分胜负。赞欲生擒遂,伪败走回。遂纵马追来,赞觑其近,回马大喝一声,将遂擒获。高怀德驱兵直入,袭破天井关,斩邵遂首级号令。次日兵到泽州。守将袁希烈与副将吴昌议战守之计,昌主先出战,不胜则闭城坚守,希烈从其言。昌出战,赞迎之,才一交锋,宋兵鼓勇而进,北军先自扰乱。昌知不敌,不敢入城,拨马绕汾涧而走。赞骤马追之,昌陷入汾泽中,为赞所获,太宗下令攻城。希烈大惊。其妻张氏,绛州张公瑾之女也,有勇略,谓希烈曰:"宋兵势大,须用计败之。君明日先部兵出战,佯输引入丛林,吾埋伏射卒于此待之,四下返击,必获全胜。"希烈用其计,次日部精兵六千出城迎敌。呼延赞先出战,至二十余合,希烈勒马便走。赞追之,误入丛林,伏兵齐起、万弩俱发。赞知中计,急勒马回,遇张氏阻住交战。赞慌乱,被其刺中左肩,不敢恋战,冲围而走。希烈与张氏合兵返击,大胜一阵。赞归至军,与妻马氏计议。马氏曰:"彼能用计,我亦能用计,当以计取其城。今宜诈称将军受伤甚重,按兵不战。却令老弱之众,日于汾水洗马,似作回军之状。彼必思乘我之隙而攻之,吾与君预伏精兵于城东高阜,先通知高将军应敌。俟其交锋时,我等乘虚捣入城中,则泽州唾手可得矣。"赞从其计,果得泽州。希烈战死,张氏奔绛州而去。

翌日大军进抵接天关。守将陆亮方固守不出,呼延赞抄出关后,前后夹攻破之。宋兵抵绛州,守将张公瑾知势不可为,开城迎降。太宗下令诸将进攻河东。刘钧寝食俱废,亟集文武商议。文臣宋齐邱及武将丁贵等曰:"宋兵势大,只得婴城拒守。"宋师连攻数日不下。潘仁美分遣诸将筑长围攻击,金鼓之声达于内外,城上矢石交下如雨。丁贵等欲舍死抗敌。太宗以太原久围不下,亲至军前,督战益急。高怀德、呼延赞等分门紧攻,城堞皆崩,杀伤甚重。太宗手诏谕汉主出降。刘钧见势倾危,亟召诸臣议曰:"吾刘氏在晋阳二十余年矣,何忍祸及百姓。若不即降,必有屠城之惨,不如投降以安百姓。"群臣闻之,无不下泪。忽报国舅赵遂已开北门放宋师入城。刘钧哭入宫中,遣李钧赍印绶文籍,奉表乞降。太宗下诏许之。车驾进北门城台,设宴奏乐,刘钧率宫属缟衣纱帽待罪台下。太宗赐以袭衣玉带,召使登台,汉主叩头谢罪,请车驾入府。百官香花灯烛迎接太宗升殿,坐定,百官皆拜降于殿下。河东悉平。至是呼延赞大仇已报,并得为宋朝上将,名垂千古。

评曰:呼延赞之报仇,可谓至矣。欧阳昉谋杀其父与其家人,彼亦手刃昉与其家人以报之。北汉主用昉言罢其父官职,又不能察昉谋杀之罪,置之于法,以致烈士冤愤,愈蓄愈深,一朝发泄,祸及国家。虽汉之灭不尽由此,而读稗官小说者不能不因而太息焉。且太原胜地,实产英雄。如赞者,有胆勇,血性过人。史载赞遍文其体为赤心杀贼字,至于妻孥仆使皆然。诸子耳后别刺字曰出门忘家为国、临阵忘死为主等语,亦可见赞之概略矣。北汉不能抚而用之,以资敌国。终至半壁河山,不克自保。虞不用百里奚而亡,秦穆公用之而霸。惜哉!

陈琳救主

国韵小小说

陈琳救主

话说宋朝真宗天子自登基以来，国有贤臣，民皆乐业，因此真宗安享帝王之福。但是千秋四十，龙子尚缺，不免常常忧郁。这年东宫刘娘娘、西宫李宸妃同时怀孕，真宗大悦。暗思若果产生太子，固是大喜，就是男女俱生，也达了儿女兼全的幸福。谁知两宫将至分娩，忽北番契丹兴兵作乱，守关众将纷纷败逃，因此飞奏告急。真宗闻报大惊，急召众文武商议。当有左相寇准出班奏道："契丹兵精将猛，既破定州，必攻大名。现在人心惶惶，大局危险。伏乞陛下御驾亲征，方可驱除贼寇。"言未毕，资政学士王钦若奏道："寇准之言，不可深信。契丹兴兵，不过虚张声势，边关守将胆怯无能。我主若选派良将，克日征剿，契丹不难扫灭。岂可轻万乘之尊，去就疆场险地。"真宗犹疑未决。太尉高璟急出班奏道："不然，倘大名失守，澶州四面受敌。愿陛下依寇准之言，早日兴兵，驱除贼寇，天下幸甚。"真宗深然其说，遂决意出征。即日点集大军，预备起行。忽内侍报道："两宫娘娘同时产生太子。"真宗闻奏，忧喜交集。意欲还宫看视，奈大军已集，边患又急。遂传旨立时起行。自此真宗天子征讨契丹，相持至十余年，方得平复。

却说东宫刘娘娘当时生产，本是公主。因闻李宸妃产生太子，一时心中不平，遂使内侍伪称公主为太子，奏知真宗。后来想道倘真宗得胜还朝，如何是好？乃复忧惧。内侍郭槐见娘娘愁闷，遂乘间叩问。刘娘娘知郭槐为自己心腹，便将生公主伪称太子之事说知。郭槐听了道："娘娘勿忧，奴才倒有一计，管教永无后虑。"娘娘忙问何计。郭槐近前道："要除后虑，必须如此如此。"刘娘娘大喜，果然依计而行。遂即日伪作殷勤，邀请李宸妃饮宴。乃暗将太子换来，交与寇宫娥，令她黑夜投入金水池中。寇宫娥领旨，抱着太子来至御花园，心中伤惨。不意太子初生，无端惨死。正在踌躇，恰巧老公公陈琳走来。见宫娥怀抱一儿，便上前问是何人。宫娥知陈琳素日忠正，遂将刘娘娘与郭槐定计谋害太子情事说了一遍。陈琳大惊，说："现今八贤王命我采花送与狄王妃，今太子有难，不可不救。依我先将太子装入花盒，救出宫外。你只说已投金水池中，漂流出去。"宫娥听了，欢喜依允。陈琳将太子装在花盒，飞步出宫，送到八贤王府中，说知备细。八贤王听了大怒，无奈真宗出征未还，因此也不便声张。只将太子当作亲生，交与狄妃抚养。次日刘娘娘正要探听李妃失了太子情形，忽内侍报说李宸妃昨夜潜逃，寇宫娥投金水池自尽。刘娘娘闻说大惊，急问郭槐。郭槐道："这明是寇宫娥泄露前情，密告李妃，使她潜逃，自己畏罪投河。但不知太子何在？"刘娘娘听了愈疑，但事已如此，也就无可如何了。却说八贤王名曰德昭，本真宗天子嫡亲手足。太宗皇帝传位于真宗时，同时封德昭为燕王。燕王为人谦和大度，因此人皆称为八贤王，王妃狄氏也贤惠有德。自从陈琳救了太子送来，遂取名曰受益。次年狄妃又生一子。八王大喜，就一同抚养。真宗天子出征契丹，转瞬已十一年，方与契丹讲和罢兵。及回朝时，闻八贤王已薨。真宗不胜伤感，遂赐谥曰忠孝王。忠孝王长子，原是太子，但真宗不知，狄后亦不敢奏明。故此真宗到老无子。又听刘娘娘诳奏，痛恨十一年前火焚碧云宫，怜念李妃母子遭难。常思自己年将花甲，精力日衰，倘有不测，何人继位？"遂决意册立八王长子受益为太子，改名曰桢。是年太子已十四岁，又加封狄王后为太后，使八王次子袭受父职。于是群臣朝贺，大赦天下。次年真宗病笃，御医束手，数日遂崩。百官举哀，遍告天下。太子桢即位，是为仁宗。当时尊刘娘娘为太后，狄太后亦迎入宫中，与刘太后共辅仁宗，平治天下。

仁宗即位第三年，陈州一带蝗旱为灾，五谷不收，民皆饥馑。仁宗恤民心切，钦命龙图阁学士包拯到各处采买粮米，运往陈州放赈。包公遵旨，到了陈州平价粜粮、严禁奸商囤积，因此救活饥民数十万，众灾民无不感颂皇仁。包公赈灾已毕，起身回朝。一日行至赵州，乘轿前行。方欲过桥，忽地卷起一阵狂风，将包公纱帽吹落。左右急捧起奉上，包公戴在头上。便问手下人张龙、赵虎，前面何处？张龙、赵虎禀道:"前面乃是东岳天齐庙。"包公即吩咐进庙暂歇。庙里道人闻包公驾到,一齐出来迎接,引入客堂献茶。包公问道人此庙近处有多少村庄。道人回道:"近处只有零星农户,并无村庄。"包公又问:"此处近来有奇闻异事吗?"道人听了,一齐禀道:"小道等不曾闻得有甚异事。"包公点头,即唤张龙、赵虎吩咐:"方才狂风吹吾帽落,其中必有缘故。今差汝二人前往赵州桥一带访查访查,如有甚冤枉不平之事速来回报。"张、赵领命出来。张龙叫赵虎声:"兄弟,我们大人又要作怪啦。这风吹帽落也是常事,如今又叫我们访查,访不成,还不找几个钉子碰碰吗。"赵虎道:"大哥,我想大人必是行路烦闷,又拿我们开心啦。依我说咱们找出地方,叫他寻几件闲事回去,搪塞搪塞就完啦。"张龙道:"一件还没有,你要找几件,岂不是做梦吗!"两人谈谈说说,正往前走,忽又一阵大风,把赵虎帽子吹到半空,飘摇不定。二人忙上前追赶,看看落到桥上,恰恰有一贩青菜后生肩担过桥。见一帽从半空飞下,即去拾起观看。张、赵二人早已赶到,两人一使眼色,不容分说,便把那后生紧紧捉住。那后生吃了一惊,忙道:"何事捉拿小人?"张龙笑道:"贼奴你杀了人,还不快快招吗?"那后生听了这话,吓得面无人色,抖作一团。忙跪下央道:"上差休要取笑,小人是安分良民,从不为非作歹,快快放我去吧。"赵虎喝声:"胡说,好人歹人,我等也不晓得,你自去见包大人便了。"说罢,不管三七二十一,两人拉拉扯扯,推拥着投奔东岳庙而来。后面有许多百姓,纷纷说道:"这后生郭海寿清贫度日,守分安生。每日贩卖青菜,养活老娘,极是孝顺。今日捉到官里去,他那老娘还不饿死吗!"内中又有一人,更是不平,便嚷着说道:"郭海寿素日清贫纯孝,今被恶差无故拘拿。我等当跟了去,面求包大人,保他出来。"话未说完,众人都说我等愿去。于是跟了张、赵二人,一同来投东岳庙。包公见张龙、赵虎捉来一人,跪在地上。便问:"你姓甚名谁,家住哪里,素日作何生理?从实说来。"海寿禀道:"小人姓郭名海寿,家有老娘,住居土窑。素日贩菜为生,赚几文钱,养活老娘。"包公细看此人面貌良善,不似匪人。便问张龙、赵虎:"汝二人何故将他捉来?"二人上前禀道:"大人因昨天风吹帽落,叫小人出去访查。不想今日小人走至桥上,又来一阵怪风,把赵虎帽子吹到半空。小人赶上,见这帽被郭海寿拾起观看。小人因此疑心他必非好人,故此捉来,听候大人发落。"包公暗想:"这也奇怪,吾帽吹去,赵虎帽亦被吹去,又落在郭海寿手中。莫非其中果有缘故?"正寻思间,忽然下人王朝、马汉近前禀道:"庙外有一群百姓,要求见大人。"包公教唤进来。众百姓一齐跪下禀道:"小人都是此间农民,今见大人捉来郭海寿,不知何故?这郭海寿实是安分良民,又且孝母。只求大人开恩,将他放了。"包公一想,这人定是良民,不然,哪有许多百姓赶来求保。便吩咐众人:"郭海寿既是好人,吾即准汝等保释。"众人大喜,叩谢包公。包公又唤郭海寿道:"汝既是良民,又且孝母,吾手下人错拿了你来。我今赏汝白银五两,你拿回家中奉母,以后更要安分。"众人见包公赏了郭海寿银子,一齐都道:"无怪人说包青天,真是名不虚传。"遂又叩谢了包公,带了海寿出离庙中。海寿谢过了众人,拿着银子,回家对老娘说知。娘道:"儿呀,拿你的这官长,他姓什么?"海寿道:"听得人说,他叫什么包青天。"娘道:"他姓包吗?"海寿道:"是的。"娘道:"果然是的。吾儿快快前去对他说道,为娘要请他到我家中,有话言讲。"海寿一听,惊惶说道:"娘呀,你老莫要糊涂。那包大人天神一般威风,哪能到我们这土窑里来!快别胡想啦。"娘道:"吾儿休得多言,你只依我言语前去请他,说道为娘有话,必要唤他来见。"海寿还只畏惧不去。老娘怒道:"儿呀,你竟敢不尊娘言吗!"海寿见娘发怒,被逼不过,只得来至东岳庙,向张龙、赵虎说过,张、赵二人笑道:"你娘敢是疯了不成,包大人乃朝廷大臣。岂能到你那破窑里去!你快回去,不要惹得没趣。"海寿又苦苦央道,务求上差回禀一声,倘大人见罪,自有小人承当。张、赵二人被央不过,又敬重他是孝子,只得禀知包公。包公自忖:"谅这老妇必是有些来历。不然,焉敢冒昧请吾。"遂吩咐打道前往。海寿得知,先跑回对娘说道:"包大人果然来了。娘呀,仔细着,不要连累了孩儿。"娘道:"儿呀,你将那条破凳摆在当中,扶为娘的端正坐了。"

少时,包公大轿已到。张龙、赵虎来说:"包大人已到,婆子你还不出去迎接。"老娘道:"你唤那包拯进来。"张龙、赵虎听了,倒吃一惊,说这婆子真是疯了。包大人官名,除去当今万岁,谁还敢叫他一声。老娘道:"休得乱言,速速唤他进来。"二人无奈,只得禀道:"这婆娘请大人进去讲话。"包公至此,也很惊疑。寻思既已至此,便当进去,且看他如何,遂下轿进入窑中。只见那老娘双目失明,手扶拄杖,端坐当中一条破凳上。包公近前说道:"婆婆你请吾来,有何话讲。"婆娘道:"你果真是包拯吗?"包公闻婆娘直呼自己名字,更觉诧异。便答道:"吾是包拯,你有何话讲?"婆娘道:"如此你且近前来。"包公果然近前。那婆娘盲目向天,立起身来,举手向包公脑后乱摸。包公吃惊,却又不躲,由她摸索。忽那老娘大呼:"包拯,你果真是包拯!天哪!吾廿载冤仇,今日可要拨云见日了!"说罢,放声大哭。包公此时,愈觉惊疑不定。少时婆娘止泪,方呼海寿拿过矮凳,让包公坐下。包公便问有何冤屈,速速说来。婆娘道:"包大人尔乃忠正大臣,审理民间多少冤枉。吾今告汝,吾本非平常百姓,吾乃先帝西宫李宸妃。只因十八年前,吾与当今刘太后同时怀孕。其时真宗天子,正欲往征契丹。临行时适吾产生太子,谁知刘娘娘亦同时产生公主。那刘氏奸人,闻知我生太子,心怀不平。与奸贼郭槐定下一计,假意请吾饮宴。

我哪知他有奸谋,遂抱太子同往。及至宴罢,我问太子何在?那刘氏说太子欲睡,已令人送回碧云宫,我亦不疑。后我回宫,宫娥对我说刘娘娘有旨,太子安眠,不准惊动。我当时也想小儿安眠,不宜惊觉,还十分感念她的美意。谁知候至多时,不见醒来。是我放心不下,轻揭锦被一观,登时吓得我晕厥。后来苏醒,方听宫娥说道,太子已经失踪,锦被中乃一剥去皮尾的死狸猫。其时我心如刀割,悲痛欲死。正在无计,忽见寇宫娥踉跄奔至,哭向我道:'刘娘娘与郭槐定计,用狸猫换取太子,将太子交与奴婢,教奴婢黑夜投入金水池中。奴婢良心不忍,正在为难,幸遇陈琳,密将太子救出宫中,送到八王府安置去了。'这奸贼心还不死,又定那日半夜火焚碧云宫将我烧死,斩草除根。因此宫娥窃得金牌一面,使我改装潜逃,投奔八王府去。可怜我自幼生长皇家,娇贵已惯,逃出之后,哪识路途。正在徘徊,忽听后面呐喊。经此一吓,又复晕倒,跌入一家门内。原来这家姓郭,只有孀妇一人。年前夫主弃世,幸遗六甲在身。这郭氏为人慈善,将我救入屋中,用心调养。后来问我来历,我恐泄露真情又遭毒手,乃假称夫亡,翁姑逼嫁,故此逃出。郭氏心怜我苦,留养在家,情同姊妹。不到半年,郭氏产子,一病而亡。我感郭氏之恩,抚养其子,认作亲生,即这郭海寿是也。"海寿听至此处,暗想原来他不是我娘,我娘已死。站在一旁,频频弹泪。婆娘又道:"谁知福无双至,祸不单行。一日邻居失火，延至吾家，救护无方，家财都烬。从此携领吾儿，沿门乞讨。报仇心切，饮泣偷生，泪竭血枯，双目遂瞽。多亏此子天性至孝，伴养廿年。闻说真宗归天，吾儿嗣位。我这廿载冤仇，全仗贤臣昭雪。"说罢执包公之手，放声大恸。包公至此，方知这婆娘原是李宸妃，实即当今之国母。忙跪地上说道："臣前事不知，致使国母受此磨折，臣之罪也。"李后道："贤臣休如此说。吾久闻人言，贤臣脑后有异骨，秉性忠正，方敢诉说。望贤臣即日还朝，奏知皇上。看我那不孝之儿，认也不认。"包公复奏道："臣定当回朝启奏。但此事圣上当年幼小，实系不知。倘不信臣言，不知国母有何凭信，能使圣上不疑。"李后道："此事不难。吾儿降生后，左右两手有山河二字血纹，即此是证。"包公听了默然。遂叩辞李后，预备回朝。到了庙中，传集地方文武，说明此事，吩咐用心保卫。众文武大惊，急择大房改饰行宫。又备锦绣衣裳，恭请国母更换入城。怎奈李后不允，执意不出土窑。只吩咐众官，休得惊疑，各归本任，众官哪里肯去。李后见众官惶恐伺候，遂切实谕道："老身遭难，本非汝等所知。吾困守寒窑，已经廿载，不愿迁居。今只略备素食，供吾两膳，吾已欣悦。他事则皆不必。"众不得已，只得依命。

却说包公进京，次早随朝面圣，奏过放粮之事。诸臣无事渐退，包公复近前奏道："臣有秘奏，乞陛下屏退左右。"仁宗准奏，即问："卿有何事？"包公向前跪下奏道："陛下身登九五,知否身自何来?"仁宗闻奏惊异,说:"朕身何来,卿在朝居官,焉得不知!"包公奏道:"愿陛下恕臣无状,请示臣知。"仁宗素知包公忠正,故亦不甚嗔怒。遂说道:"朕嫡母刘太后,生母乃狄太后。今举国皆知,卿岂不晓。"包公俯伏奏道:"乞陛下赦臣之罪。据臣所知,陛下实非狄太后亲生,陛下尚有亲生之母。但含冤廿载,昭雪无由。今幸臣已查明,不知陛下准臣实奏否?"仁宗至此,愈加惊异。乃曰:"卿既详知,速速奏来。"包公承旨,遂将误捉郭海寿,遇见李宸妃一切详情,逐一陈奏。仁宗听罢,含泪道:"事果如此,究当如何?"包公奏道:"愿陛下秘宣陈琳一审便知。"仁宗便宣到陈琳,命包公一旁侍立。便问陈琳:"朕幼遭大难,幸汝拯救,何故不早奏明?现在朕已查明,汝可将当日情形,详奏勿隐。"此时陈琳年已九十,在宫养静,久未朝见。今忽宣召,已知必问此事。当时陈琳伏地涕泣,口呼:"圣主,非是奴才隐瞒。实因刘后在朝,不敢多言。且恩主李后又不知下落,故奴才隐忍至今。"说罢泪落如雨。仁宗至此,也不禁悲泣。陈琳乃复将刘后、郭槐当年秘计,以及救出仁宗,寇宫娥计救李后、自己殉难等情一一奏知。仁宗听了大恸。包公忙上前谏止道:"陛下不可如此,倘一泄露,恐有他变。"仁宗止泪问道:"依卿当如何?"包公道:"臣意请陛下先秘问狄太后,待狄太后说明,然后降旨拿郭槐交臣审问。一面陛下亲至陈州,迎接国母还朝,以尽孝养。"仁宗准奏,遂退问狄后。狄后知事已泄,遂不敢再隐,一一告知仁宗。仁宗立时降旨,驾幸陈州迎接李后。一面使包公拿郭槐审问。当日刘太后正与郭槐对弈,忽见侍卫多人进宫,即命宫娥阻问。侍卫回说:"今奉圣旨,传郭槐问话。"刘后心疑,便强颜喝道:"不奉吾旨,谁敢带吾近侍。"侍卫见刘后发怒,不敢上前。包公在后,喝令将郭槐拿下。侍卫遂不容分说将郭槐拥出。刘后大怒,问汝何人,敢在吾前放肆!包公厉声道:"臣包拯。李宸妃事已发,今奉旨拿郭槐审问。"刘后闻言,惊了一身冷汗,一时几乎晕去。宫娥急扶归寝宫。刘后惊定,自思:"廿年冤孽,吾只道消灭,谁知李氏尚在。吾尚有何面目再见皇儿!唉,天理昭彰,循环不爽。吾今日唯有一死,以谢先帝。要知人若毒狠,实即自取灭亡。"想罢,命宫娥退出,遂自缢于寝宫。次日,宫娥见刘后缢死,自有一番惊惶,不必细述。却说包公拿到郭槐,带回衙中,即吩咐押入大牢,严禁外人看视。

包公乃随仁宗往陈州迎接李后。不一日来到陈州,仁宗命包公先去启奏李后。包公带领张龙、赵虎来至土窑,见土窑以外,悬灯结彩,土窑以内,仍未改旧观。遂叩见李后,将进京之事约略奏明。李后大喜。包公又道:"今圣上已到,请慈后更衣。"李后道:"吾衣虽破,乃吾义子血汗得来。待吾儿到来,好使他知娘廿年的景况。"包公知李后不允,也无可如何。少时仁宗驾到,包公迎出,引仁宗入窑。仁宗见李后衣敝发蓬,容颜憔悴,不觉热泪奔流,上前唤声"母亲"。李后闻呼母声,便盲目四顾。叫:"儿呀,我母子今日相见,真耶梦耶?"说罢枯声发恸。仁宗近前跪下,握着李后双手,泣不成声。海寿与包公旁跪,也一齐堕泪。久之,包公劝住李后,仁宗方止泪。包公乃退出。当有带来宫娥服侍李后更衣。李后又指海寿向仁宗说道:"此吾义子郭海寿,为娘若无此子孝养,老命久赴黄泉。吾儿久后不可忘他。"仁宗乃深加感谢,海寿惶恐谢恩。当日仁宗便奉李后出窑还朝。沿途接应,自不用表。

不一日仁宗等到京入宫,内侍等叩见李后毕,乃奏说刘太后于圣上起驾之日,自缢寝宫。仁宗听了,默然无言。随传旨着削去刘太后封号,照妃嫔例发丧,不准葬入陵寝。李后闻知,乃劝道:"刘妃谋害为娘,幸苍天福佑,未遭毒手。她既知罪自尽,吾儿亦不必过责。可仍照后礼葬她为是。"仁宗道:"儿非因母后贬她,实因她欺蒙先帝,难以饶恕。焉能使入陵宫,以渎先帝之灵。"李后亦嗟叹而止。次日,众官上表称贺。仁宗降旨大赦天下,并免陈州十年之粮。重赏包公、陈琳,敕封郭海寿为王。将郭槐凌迟处死,又重殓寇宫娥,葬以妃礼。赏罚已毕。唯李后双目失明,仁宗昼夜忧虑,乃诚心祭天,每日以舌舐李后之目。果然纯孝感天,过了数日,李后双目居然复明。当时举国之人皆谓仁宗至孝,方能感格天心,如此之速!又莫不称扬陈琳之功不置也!

龙图奇案

话说宋朝仁宗时,有个进士姓包名拯,为人忠孝谅直。做过几任知县,又升了开封府知府,后来做到龙图阁直学士,人人便称他为包龙图。他做官清正,铁面无私。不论王亲国戚,犯了罪一例要按法办去,不饶他丝毫。那时犯罪的人,遇着别个县官,毫不畏惧。县官有贪钱的,便使钱去买动。有畏势的,便去奉承权门。要得片纸只字叫他释放,即有了天大的罪孽,也便逍遥法外。若遇到包龙图手里,便不行了。且包龙图明若青天,料事如神。遇到案子,凭你什么隐晦离奇的,一经查究,便见个水落石出,定案不摇。所以那时的人,莫不敬爱包龙图。有两句歌儿称扬他道:阴间有阎罗,阳世包龙图。以为阴间的阎罗王赏善惩恶,凡人所做的善恶都瞒不了他。拿来比方包龙图。现在的人,尚有说包龙图死去做了阎罗王呢。

且说包龙图做官时审公案,实是可爱可敬。今且将大小案情举两三件,说与大众听听。有一回包龙图在做天长县令的时候,有个乡人名胡四者,家里养只水牛,耕田时用以车水犁土。胡四的大财产,也全在这牛身上了。每日早晚,便亲自去喂食。一日去喂食料,见他这只宝贝却在地下乱颠乱滚。胡四当是牛在地下玩,就往前去捉住牛角,把菜饼送近牛的嘴边。但见那牛嘴里,点点红血不住地流下,胡四心中甚是诧异。想道,莫非牛也要吐血?忙把两手捧住牛嘴,挖开一看,见牛满口鲜血,却不见了牛舌头。胡四又是痛惜,又是着急,恸哭一场,便来县里包龙图案下告了一状。包龙图看了状子,心想:"那割舌的人,得此小小牛舌头何用?"忽而想得了缘故,忙坐了堂。胡四哭哭啼啼,前来跪下道:"乡人这牛视同性命,一生衣食所仰仗的。还求青天查究。"包龙图道:"你不须惊天动地的招摇,回去暗暗将那牛宰割了卖钱。卖了的钱就是你的赚钱,我方贺你发了财,何以还在这里哭泣!"胡四不知所云。忙道:"小人死了牛,饭多没吃呢,哪里还得发财!"包龙图喝道:"快快退去。如命而行,不得有误。三日以后,本县还你一只活牛便了。"胡四允命,回去宰了牛,称斤估两的卖了。得钱倒也不少,只不够买一只活牛。正是伤心,又想到三日后还有活牛可领,将信将疑,一心盼望第三日,便见分晓。

却说包龙图一日按看状子,忽见一本状子,是乡人陈二告胡四暗杀耕牛事,有犯禁例。因我国古时最重的是崇德报功。凡有功的人,死了都奉祀。有功于人的物,不杀不食。国家定有禁令,法典列为专条。这牛是有功于人的物,所以除非遇着国家大祭祀是不准杀的,否则科罚定罪。当下包公把状翻过,即上堂命带陈二前来问道:"胡四是你何人?"陈二道:"是小人紧邻,故小人亲见宰牛是实。"包龙图拍案喝道："好个混贼,割了人牛舌,又来告他的状。"急命左右按倒陈二,重打二百。陈二听见他割牛舌的事被包龙图晓得,不敢抵赖。便招承道："胡四往日不肯借钱与小人,所以小人恨他,做得此事。还求青天饶恕。"包龙图道："你既割死胡四的牛,你须赔他活牛一只。你要想害人,罚你监牢三月。"判定。陈二不敢回拗,奉命赔牛。胡四盼到第三日,一早进城到县衙,见得了赔牛,欢天喜地,叩头谢恩而去。正是塞翁失马,安知非福。护弱锄强,还仗清官。

还有一回。包龙图亦在知县任上。乘舆过市,见一童子在道旁石上坐着哭泣,手中提着一个空篮。包龙图停舆问道："童子何为?"那童子跪着道："小的以卖油炸烩为业,今日卖完得钱二百放于篮内,要去买米的。因脚没了力,把篮在石上放着。略坐一刻,正要起身,那篮中的二百文已经失去。"说着又哭起来。包龙图道："你钱既是放在篮内,篮子又放在石上。没了此钱,定这石头偷的。"忙喝公人,把这石头抬到县里审去。那时满街人民,传说包青天要审石头案了,个个称奇道怪,都来县里听审。包龙图上了堂,将石头放在案前问道,石头,你偷人钱。命左右重打四十板。只见两个公人上堂打石,不多几打,已经梃断棰折。那堂下几百个听审的百姓,不禁哄堂大笑起来。只见包龙图不但不笑并且拍案大怒道："你们好无规矩,在公堂上这样大惊小怪。命公人将大门关住,罚众人坐监牢三日。"那众百姓吓得屁滚尿流，都跪下求饶。包龙图道："饶也使得，但须各人拿出二十大钱，便放他出去。"当下包龙图命公人抬上一缸水来，放在案前。那堂下百姓个个上来缴钱，即命他投入水缸内。接连两个都太平无事，放了出门。第三个上堂，投钱入水，包龙图将水面一望，见有黑油油的一片光在水面浮起。便喝住道："狗贼，你偷人的钱，快快招来。"那贼还要抵赖，包龙图命左右将那贼身上搜出钱来，合他所投的算了，共计二百文。一个不少，如数还了童子。把那贼重打了百板，与众百姓一同释放了。

  再说武昌府江夏县民郑日新，与表弟马泰自幼相善。日新常往孝感县贩布，后渐与马泰同往，一年甚是获利。次年正月二十日，各带纹银二百余两辞家而去，三日到了阳逻驿。日新道："你我同往孝感城中，一时不能多收货物，反恐多费时日。不如二人分行，你到新里，我去城中何如？"马泰道："此言正合我意。"即入客栈买酒吃饭。店小二李昭向来相熟，见二人来，忙忙迎接，即送酒来。虔诚劝道："新年酒，一年一次，满饮几壶。"三人畅意饮了，说说笑笑，不觉多喝了几杯。三人酒已酣醉，方相揖而别。日新往城中，临行对马泰道："随后收得布匹，你须陆续发夫挑入城中。"马泰应诺别去。行了五里，酒醉脚软，住脚暂憩，不觉在凉亭中醉卧。正是醉梦不知时早晚，醒来但见红日沉西，忙又赶行了五里，地名叫作南脊。前无村，后无店，心中慌张。扒山过岭,偶上高冈,远远望见有群马在山隅放青,仿佛有一人在前面照看。马泰心喜,可以有个招呼,忙上前请问路程道里,那人名叫吴玉,答道:"客官天色晚了,尚不止宿?近来此地不比旧时,前去十里,旷野山冈不但有虎狼出没,恐有小人行凶。"泰心早慌,又被吴玉三言两语说得越发不敢行了。乃对吴玉道:"你家住何方?"吴玉道:"前面源口就是。"马泰道:"既然不远,敢向府上借宿一宵,明日早行,即当厚谢。"吴玉面作不悦之色,辞道:"我家又非客店酒馆,安肯留人宿歇?我家床铺不便,凭你前行也好,回转也好,我家决不得住。"马泰苦苦哀求道:"我固知府上并非客店可比,但求念我出门人的艰苦,作个阴德。"再三恳求。吴玉乃道:"我见你是忠厚的人,既如此说,我收马与你同回。"马泰到了吴玉家中,玉告妻龚氏道:"今日有一位客官要来我家借宿,可整酒来吃。"他母与妻见了马泰,甚是不悦,面现苦恼之色。马泰见吴玉的母与妻如此情形,以为怒己之来。乃缓辞慰道:"娘子休恼,明日正当厚谢。"龚氏掉头不睬。马泰正没了兴头,吴玉忽已进来,摆起酒席,肴馔丰美。吴玉再三劝酒,马泰吃酒才醒,又不忍却吴玉的情,连饮数杯,就醉了。哪知吴玉不存好意,酒中早放了蒙汗药粉,马泰饮后昏昏不省人事。吴玉看看时已夜分,更阑人静,将马泰背至源口,即在他本身衣服内裹一大石,将他丢在河内,沉入深渊。尽取马泰之财宝,满载而归。盖吴玉素惯谋财,牧马为名,所害已非一人。却说日新到孝感二三日,货已收得二分,并未见马泰发货前来。一连等过多日,日新耐不得,径自往新里街去看马泰。到行家杨清家问询,因杨清家是他二人来往常住的行家。杨清见日新来到,忙道:"今年何故来得如是之迟?"日新惊愕道:"我的表弟早已来你家贩布,我在城中等了许久,何以并不见发货来?"杨清道:"你那个表弟并未来过。"日新道:"我表弟马泰,旧年也在你家住过,何以推说不知?"杨清道:"他几时来的?"日新道:"二十二日同到阳逻驿方分手的。"满店之人都说没曾来过。日新无可奈何,心中疑惑,遍问在新里的各行家,皆是茫然。是夜杨清备酒接风,众友人劝酒,日新闷闷不悦。次早再往阳逻驿李昭店寻问,亦说自二十二日别后,未见转来。日新再回新里街,一路打听,也无抢劫毙命的事。到了杨清店中,把众客人一齐问到,知众客人多于二月方来的。便作色谓杨清道:"我表弟带银二百两,专来你家,必不到别处去的。必是你见财起意,谋害他命,你快直说了。"一面用手捉住杨清领口,要扯他县里去告状。杨清道:"我家满店客人,如何干得此事!你不要白日冤枉了人。"二人扭闹一番。日新无法,自去具状起诉。孝感知县张时泰准状,杨清亦具诉申冤。

次日,县主牌拘一干人犯,齐到堂前听审。县主道:"日新你告杨清谋死马泰,有何影响证据?"日新道:"杨清奸计多端,工于掩饰,还求青天根究明白。"杨清道:"小人不敢做此恶事。日新瞒心昧己,毫无凭据,白冤枉好人。马泰并未来家,若见他一面,死还甘心。此必是日新自己谋财害了,冤栽小的,以逃脱自己的罪。"县主便问李昭。昭道:"是日到小人店中买酒。小的因他新年初到,设酒款待。饮毕分手,一东一西,并不见谋害的事。"杨清道:"小的家中客人甚多,他进小的家中,岂无人见?本店有客伴可审,东西有邻里可问。"县主即命拘到客人、邻里审问。有的说不曾见有马泰来店,有的说杨清为人忠厚,必不会做此事。县主见邻里、客人均无确供,只得迫杨清招认,杨清只是喊冤不认。县主喝令将清重打三十,不认;又令上起夹棍,杨清受刑不过,只得屈招。县主道:"你既招承,尸在何处,原银尚在否?"杨清道:"实未谋他,因刑罚当受不起,只得胡供。"县主大怒,又令夹起。即刻昏沉,好久才苏醒。自思不招,亦自死的,不若暂且招承,他日或有明白之望。遂招道:"尸丢长江,银已用尽。"县主见他承招停当,即钉长枷扭锁,斩罪已定。

那时适当包龙图奉委巡行天下,查勘讼狱。时来湖广,到得武昌府。是夜秉烛默坐,详览案卷。看到郑日新的状子,偶尔精神困倦,隐几而卧。忽见一兔,头戴帽子,奔走案前。既醒,心中想道:"兔戴帽,明明是个冤字,莫非我所看的这案卷里有冤枉了?"次日单吊杨清一案上堂,各个研问。问李昭,只道吃酒分别是实。问杨清的邻里,皆道不见马泰来此。包龙图心中细想,此必途中有变,当下退堂。次日托疾不出,改扮了商人服装,带两个家人往阳逻驿私行察访。行至南脊,见其地甚是荒僻。仰观俯视,但见前面源口,鸦散成群,围住源塘岸边。三人近前一看,见一死人浮于水面。包龙图忙命家人至阳逻驿讨驿卒二十名、轮车一乘,到此应用。驿丞知是包龙图的命令,即唤轿夫自来迎接。参见毕,包龙图令驿卒下塘取死尸。那塘渊深莫测,驿卒多有些胆小。内有一卒名赵忠者,自荐道:"小人略知水性,愿下塘取之。"包公大喜,即令下塘。浮至中间,拖尸上岸。包龙图道:"你各处细细去搜寻,看尚有何物。"赵忠再下塘往水中一直钻下,见有尸骨数具,皆已腐烂,不得撩起。乃上岸禀明了包龙图。包龙图即令驿卒将源口附近居民十余家一齐捉到。包龙图便问道:"此塘是谁家有的?"众人齐道:"此乃公地。"包龙图道:"此尸是何处人?"众人都说不知。包龙图没法,命带数十人至阳逻驿中听审。路上自想:"这一干人如何审得清白,又不能各个加刑拷问!"忽而心生一计。回驿坐定,驿卒带一干人都在堂下。包龙图喝令:"个个跪定,各报姓名。"令驿书逐一记名清楚。包公把名簿接来看过一遍道:"前在府中,夜梦有数人来我台前告状,被这人谋死,丢在塘中。"说到这人两字,却故意把手指在那干人中乱点了一点,又急急缩转。说时迟那时快,引得那些人转眼回头,在他自己一干人里巡视。包龙图早望见一干人中,有个尖嘴挛耳的跪着,露出慌张的样子,不住地偷看众人及包龙图。包龙图已知了八九分,便接着说道:"今日我亲到塘中来看,果得数尸,与梦不差。"今日又有此人名字在此,说着伴将朱笔在名单上乱点了一点。一手拍案高声喝道:"无罪者速退,谋死人者抵命,听众人心中无亏即刻立起。"却说那吴玉先因听得包龙图说梦、指手、点名,心中已是害怕,被这一声响喝得他心惊胆战,连堂上方才的这句命令也未听清楚。只见众人多已立起,吴玉想起又不是,不起亦不是。正欲起来,包龙图将案再重拍一下,骂道:"你是谋人正犯,怎敢起来!"吴玉知事已被包龙图知觉,低头无言。喝打四十。问道:"所谋之人,乃是何方来客,一一从实招来,免动刑法。"吴玉不肯招认,包龙图命取夹棍夹起。吴玉知是免不过去,乃招承道:"此皆远方孤客,小人以放马为名,见天稍晚,将言语哄他到小的家中借歇。将毒酒醉倒,丢入塘中,并不知他姓名。"包龙图道:"此未烂死者,今年几时谋死的?"吴玉道:"此乃今春正月二十二日夜晚谋死的。"包龙图一想,此人死日正与马泰是同一日期,想必马泰就是此尸了。便提杨清等人开审。郑日新前来认了尸首,果然不差。包龙图即命打开杨清枷锁释放,又对吴玉道:"你谋马泰得银多少?"玉道:"只用去三十两,余银仍在家中。"包龙图即差了数人往取原赃,其母与妻龚氏恐被累受刑,均投水而死。包龙图对日新道:"本该问你诬告的罪,但你要收尸回葬，免了你的罪。"日新叩谢而去。冤案大雪！

　　此都是包龙图所审的无头公案，极变幻、极奇妙。他的正直精明为从来所未见，冤枉的案件审出了不知多少！当时的贪官猾吏、恶棍刁民遇了他就没有命了。大家怕他真同阎罗王一般呢。

珍珠旗

国韵小小说

珍珠旗

话说宋仁宗之时，西辽国屡次犯边。上年狄青五虎将带兵征剿，杀得西辽大败，那辽王只得将珍珠旗献出，投降宋朝。若说这珍珠旗，系辽邦镇国之宝，相传已有了一百八十五年。当日仁宗天子见狄青平服了西辽，取得珍珠旗回国，龙心大喜，遂加封狄青为平西王。闲话不提。

且说当时朝内有一大大的奸臣，姓庞名洪。仁宗天子选了他的大女儿为贵妃，宠爱非凡，遂拜了太师之职。这庞洪之为人，立着一个妒贤嫉能的狠心，与这狄青素来不睦。前次勾引西辽飞龙公主，意图陷害狄青，反而几乎丧在他的手中。此话不必细表。

这一日，庞洪府上，忽报西辽来了一位将官要见太师。庞洪一想，西辽差人到此，必有什么缘故。便吩咐不许外人知道，将他带进书房相见。这辽将一见了庞洪，便说："小将名得胜将军秃狼牙，奉了小邦狼主之命，呈送书信一封在此，望太师观看。"庞洪便接了拆看。原来这书上，先写小女飞龙承太师将就机谋，岂知他夫仇未报，又反丧狄青之手。孤家此恨难消，故特差小使秃狼牙，呈说前次狄青带回的珍珠旗，却是小邦新造的，并不是真的。倘若太师奏明天子，狄青难免欺君之罪。纵他有浩大功劳，国法岂能宽容！小女倘得雪冤，太师恩同天地矣。兹并奉玩物数件,望乞鉴领。

庞洪看罢了,便对秃狼牙说道:"这珍珠旗真假如何分辨?"秃狼牙说道:"那真的小邦收藏了一百多年,针线都已旧了。这狄青带回的,款式虽是一样而颜色鲜明,就此可以分真假了。"当下庞洪拍手笑道:"那日圣上将这珍珠旗与众臣验看,老夫也一同看了,果是颜色鲜明的。"又将那送来的礼物一看,都是奇珍异宝,心中十分欢喜。便呼一声秃将军道:"你今暂住我的府中,且待老夫摆布狄青这狗才便了。"

这日,庞洪坐了一乘小轿,来到宫内望花楼,与那庞娘娘商量了一会儿。无非是要将假旗之事谋害狄青。是晚正值仁宗入宫,庞娘娘满斟美酒,花言巧语,便要讨那珍珠旗一看。当下天子遂吩咐将宝库打开,把那珍珠旗取出。庞娘娘瞧了一会儿,假作呆了。便说道:"陛下啊,此旗若是西辽传国之宝,乃是年深月久之物,颜色何至有此鲜明咧?"仁宗天子忙接了一看,说道:"爱卿,果然鲜明,不像是真的。明日临朝,必要究问狄青才是!"庞妃又说:"若不是真的,狄青有了欺君之罪。还把他正了国法吧!"天子说:"认真查究明白,方可定罪。"

到了次日,仁宗天子登了金殿。便开言道:"众卿家且听朕言,前者狄青征西带回的珍珠旗,岂知是假的,当日误被他欺瞒了。"众臣听了天子之言,都吃一惊。天子又命内侍将珍珠旗取出,再交众臣验看。忽文班中闪出包拯奏道:

"前时臣不在朝,未曾看过,今日据臣看来,旗实是假的。唯是朝中已有人私通外国了,方才晓得是假的。伏乞我主先将私通外国之人查明究办,然后追究狄青才是。"天子听罢,微微含笑道:"此事不与他人相干,实是寡人亲自看出来的。"包爷说:"既如此,就是陛下交通外国了。"天子说:"包卿,你好胡说!朕昨夜与庞娘娘偶然取出此旗一看,就被贵妃看出了假造之弊。"包爷说:"旗既是西辽镇国之宝,中原焉有一人见得的?因何独有庞娘娘说是假的,这便是庞娘娘私通外国了,然后晓得此旗是假。望吾主查究娘娘才是。"当下庞洪听了包拯之言,好生惊慌。只听天子说道:"宫中内室,怎好私通外国?你言太糊涂了。"又对众臣说道:"这珍珠旗既是西辽相传之宝,必然四围的针线都旧了,今看此旗颜色鲜明确系新造起来的。但不知是西辽作弊,抑是狄青以假换真。若说是西辽作弊,狄青难免疏失之罪。若狄青将真换假,其罪便重了。"众臣听了,呆呆不语。此时独有包拯猜透其中缘由,又启奏道:"此旗是庞娘娘讨来看的,还是陛下要与他看的?"天子一想,说不好了,包拯的话难讲,哄他一哄才好。便叫声:"包卿,旗是寡人赐贵妃看的。"包爷说:"只恐还是庞娘娘讨来看的。"此时天子带怒起来说道:"此事与你无干,休要多管。"

当时仁宗天子复向武班中叫狄青上前问道:"你且把真情奏来,到底这假旗儿怎样来历?"岂知狄青听了天子驳论之言，早已气得目定口呆了，一言也说不出。天子几次问他，只是气昏了，忘却君臣礼，冲撞起来。便说："悉听庞娘娘的话，把我狄青正法斩首吧。"天子说："旗是你经手办来的，是真是假，总要问你。因何说悉听庞娘娘把你斩首之话？"狄青说："臣将此旗带回已久。平日不说，今日提起来，敢是娘娘要害我狄青吗？陛下是天下之主，妇人之言不可听信的。若听信妇人之言，江山必败。"天子听了狄青冲撞之言，心中大怒，忘了他汗马功劳，骂声："泼臣，怎把朕欺侮，这等猖狂！目无君上，国法难容！"即降旨将狄青绑出午门斩首。庞洪心花大开，以为今日冤家杀得成了。众忠臣都来保奏，天子只是不依。幸亏得南清宫狄太后闻报，便抬了宋太祖的龙亭来到金銮殿上。定要将狄青赦免，只定了一个徒罪，发往游龙驿。原来这狄太后是狄青的姑母，仁宗皇帝虽不是他亲生，却有三年哺乳之恩。天子岂敢怠慢，始把狄青的命救了。

且说狄青发配游龙驿，庞洪又起了一个不良之心，托王驿丞谋害于他。岂料这王驿丞倒有一点天良，不上一月连接庞洪十三道手书，催促甚急，并许他一个七品知县，他今天推明天，总是不肯动手。庞洪又以秃狼牙等得不耐烦了，倘不害死狄青，恐他要讨还这些宝物。那日庞洪思量了一会，要哄骗秃狼牙回去，然后再作道理。便来到书房，对着秃狼牙假笑道："好了好了，狄青已死了。"秃狼牙说："狄青果真死了么,如何死的咧?"庞洪说:"他充军到游龙驿,这驿丞是老夫的家人,是我令他用药物毒死的。"这秃狼牙原是个直心的人,听了大喜,遂乘夜间回邦去了。

却说狄青有一个师父,叫作王禅老祖。忽一日驾着祥云来到游龙驿中,对着狄青说道:"贤徒,目下奸臣当道,你今且埋名诈死。少不得西辽复动干戈,那时仍要你督师取得真旗回国,以后天下方得安宁。"狄青说:"那珍珠旗还有真的吗?"老祖说:"为何没有真的!"遂将真旗妙处一一说明,命狄青谨记在心。老祖又取出丹丸二颗,吩咐如此如此,然后驾上云端去了。这日忽报狄青死了,满朝文武个个悲伤,都说大宋朝中折了一根擎天柱。唯有庞洪暗中欢喜,只道是王驿丞谋杀的。原来狄青那日吞了一颗丹丸,吩咐张忠、李义道:"我今死后,你们兄弟可将我的灵柩搬往天王庙。到了四十九日,再将那颗丹丸与我吃了,自然可活的。此事切不可使他人知道,只说我是冤魂索命身死的罢了。"

却说秃狼牙自从那日去了中原,回到西辽,口称狄青被庞太师害死了。辽王闻报大喜,说道:"中原再无狄青这样勇将了,如今要夺取宋室江山,有何难哉!"这一日,仁宗天子登殿,接了雄关一道告急本章,看了大惊。原来这本上说西辽发了三十万大兵,一直杀到雄关,势如破竹。口称要狄青出马,方可退兵。仁宗天子便说狄青死得不妙了,悔不该将他问罪游龙驿,岂知他就此死了。今朝西辽单要他出兵方肯干休,这便怎样咧。当日只得降旨,命臣下保举一人督兵退敌。岂料连议了三天,怎奈朝中没有一人继得狄青的。这几日内,雄关又来了几道本章,天子十分忧闷。这也不在话下。

这一日,龙图阁包拯上殿奏道:"臣启陛下,昨夜狄青鬼魂在乌台告状,称他屈丧幽冥,要臣救他还阳。臣说他已经亡久,骨肉已消,救不及了。狄青又说他命未该终,皮肉未化,定要臣力救他的。臣不敢自专,请旨定夺,然后开棺。"当时仁宗天子见边关危急,正在思念狄青,今听得包拯之言。急忙说道:"狄青若皮肉未消,你可用三生法宝救他。若他果能还阳,包卿快来复旨。"原来那日太史崔信夜观天象,见武曲星大放光明,知道狄青未死,忙告诉包拯,暗暗查访。有一日包爷忽闯进天王庙内,一眼看见了狄青,狄青已躲避不及了。包爷十分欢喜,定要他带兵退敌,狄青怎说屡被奸人陷害,再不愿出仕王家了。包爷说了半天,方才得他允许了。若说那乌台告状之事,实是遮饰他人耳目的。

且说这日平西王狄青,同着包拯来到金銮殿上,说声:"罪臣狄青见驾,愿吾主圣寿无疆。"天子一见了狄青,心头大悦,说道:"你征西的功劳浩大,朕因一时之忿,而使君臣两地分开。前闻卿死,朕心好不悲伤,只道君臣今生已不能再会。幸包拯救你还阳,此乃寡人之幸。"狄青奏道:"蒙我主赦臣斩罪,发配三年。岂料到驿中未久,却被冤魂作祟一命归阴。阎君细查生死轮回,却说臣命未该终,只因杀生太重,致冤魂索命身死。"包爷在旁听了,心中想道:"狄青也会讲这鬼话!"天子又说道:"今西辽复犯雄关,十分危急。幸尔还阳,仍要劳你督兵退敌。"狄青道:"臣年纪尚轻,智略俱无。朝中还有别将可以领兵,臣实不能当此重任,恐误国家大事。乞赐臣回籍,足感陛下深恩矣。"天子道:"你狄门累代忠良,朕与你虽有君臣之别,乃是骨肉之亲。你不为国家出力,还有何人与朕出力?今日西辽之兵厉害非凡,雄关有燃眉之急,汝可火速提兵,勿辞其劳。"狄青想此时正要用人之际,虽要退归,料亦不能推脱。只得说道:"微臣领旨。"圣上见狄青允了,大悦。便说道:"此次征西该用兵将多少,任卿主持可也。"当下左班中忽闪出庞洪奏道:"前次验珍珠旗是假的,西辽原有欺君之罪。今次若不灭尽西辽,恐又别生后患。"天子说:"如欲灭尽西辽,朕心亦不忍,可命狄卿将真旗换回。如彼不从,再去灭尽他未迟。"原来庞洪见狄青还了阳,深恨着包拯不该救活他的。今日要狄青灭尽西辽,又是怀着诡计,他料西辽兵强将勇,若狄青身临险地,必是凶多吉少的。

且说狄青自从那日带兵救了雄关,一直杀入辽邦。真是旗开得胜,马到成功。辽王惧着狄青厉害,只得再将那真旗献出,请罪归降。当时狄青记着王禅老祖之言,把旗试验,一点不差,方才收心。这日狄青进得朝来,呈上降书贡礼,又解开锦囊,将珍珠旗献上。天子看罢,说道:"此旗颜色很旧,针线都已发锈,必是真的了。"有庞洪上前奏道:"此旗与前次的一样,恐怕还是假的。"天子说:"你怎么知道是假的?"庞洪说:"若是西辽流传国宝,必有几件稀罕宝贝在上。今见旗上的珍珠,乃是天下最多之物,想来怕还不是真的。"狄青说:"庞太师,你是当朝练达老臣,既说此旗是假的,必晓得真的有什么妙处。请将真的说明,然后下官再将此旗试验何如?"当时满朝文武同说狄青之言有理,都要庞太师说出来。那庞洪哪里知道真旗的妙处,无言可答。天子说:"你既不知,何必多言!"天子又问众卿内有知道者否,众臣均称臣等无能,实不能知。庞洪又随口说道:"想必狄青是知道的。"狄爷说:"我若不知,怎得安心回国?"天子微微笑道:"你既知道,请快快说来才是。"

当下狄青就说道:"臣启陛下,那旗上有六颗明珠。一名定风珠,倘遇狂风可定。一名辟火珠,若逢烈火可辟。一名分水珠,纵然万丈波涛,见珠即退。一名移墨珠,如染墨污,见此珠即无痕迹。一名辟尘珠,一切尘烟,不能沾染。一名夜明珠,夜间黑暗,珠明如火。有此六珠,永无水火风尘之患。实是人间至宝,天下奇珍也。"庞洪又说道:"此乃口说无凭,必须面试,方知确实。"狄爷听了一笑,说声:"老太师,下官在西辽试验无差的。"天子便问道:"未知怎样试验?"狄青又奏道:"陛下如要试验此旗,速备一火炉一水缸来,便验出真假了。"天子听了,即传旨取到清泉一缸,放在金阶之下。狄爷提了这旗,浸放缸中。此时仁宗天子步落金阶,文武百官皆跟随下殿。当时把旗浸了一会儿,拿起一看,旗上无一点清泉沾染。君臣一同赞羡,单有庞洪呆呆不语。少刻红炉火又扛进来了,狄爷又把旗放在烈火之中,焚烧有半个时辰,提起来一看,与未曾落火的一般。君臣看了,称赞不已。狄爷说:"此旗水火不能侵,皆因辟火分水二珠之妙处。"天子点头说:"果然甚妙。"此时天色尚未光明,狄爷说:"再请陛下命内侍隐去灯火,立试夜明珠便了。"天子遂传旨拿去灯烛,将旗展开。但见满殿红光,照耀如同白日,君臣大喜,各个称奇。又将移墨珠试验,墨水浓泼,果不能沾。狄爷又说:"陛下,这辟尘、定风二珠,必须狂风大作、烟尘迷天,方能试验分明。"天子闻言,说四珠已试验过了,那两颗珠,且待有风尘起时再验便了。

此时狄青又上前启奏道:"臣还有一本,上渎天颜。"天子遂取本展开,龙目一观,不觉勃然大怒,便喝声:"庞洪,西辽初次投降便献出假旗,后来番人秃狼牙私进中原,送你几个宝贝,要你奏称假旗,除却狄青。你因何不思忠心报国,反暗通西辽?倘狄青被你害了,朝中就没有勇将,便把孤的江山轻轻付与西辽了!"庞洪听罢,吓得浑身冷汗,说声:"陛下,这是狄青与臣不善,捏情谎奏。还求陛下究问于他,纵有小怨,也不该捏谎以欺陛下!"狄青又出班奏道:"太师说臣诬陷于他,臣也分辩不清,圣上也彼此难信。幸喜微臣班师之日,臣已带进秃狼牙。只要圣上勘问这辽臣,便知谁是谁非!"天子准奏,即宣秃狼牙上殿。此时庞洪一见了秃狼牙,浑身犹如火炙,心内好似油煎,恨不能插翅腾空了。当下秃狼牙启奏天子,便把庞洪勾引飞龙之事,一直说到贪赃受贿,要害狄青。并又说那日庞太师说狄王爷已死,小臣回邦告知狼主,是以兴兵再犯天朝。岂料狄王爷复领兵前来,狼主说小臣办事无能,更有欺君之罪,罚我看牛牧马。这也是被庞太师哄了。天子复怒道:"你今尚有何言抵赖?真是欺君误国的老贼!"当时包拯等又在庞府中搜出西辽送的宝物,真赃实犯,国法难容。仁宗天子虽宠爱庞妃,此时也不能遮盖他父女了。后来按律定罪,庞洪处斩,贵妃亦赐死宫中。自来贪赃枉法,陷害忠良,总是没有好结果的。观于庞洪之事真可为前车之鉴了。

花痴

国韵小小说

花痴

话说宋朝仁宗时候,江南平江府东门外长乐村中有个老叟,姓秋名先。原来庄家出身,有数亩田地,一所草房。妻子水氏已故,别无儿女。那秋先从幼酷好栽花种果,把田业都撇弃了,专于其事。倘偶觅得种异花,就是拾着珍宝也没有这般欢喜。随你极紧要的事出外,路上逢着人家有树花儿,不管他家容不容,须赔着笑脸,挨进去求玩。倘若遇着一种名花,家中没有的,虽有或已经开过了,便将正事撇在旁边,依依不舍,永日忘归。人都叫他是花痴。或遇见卖花的有株好花,不论身边有钱无钱,一定要买。无钱时便脱下身上衣服去当,亦所不惜。常有那些坏人晓得他爱花的,各处寻觅好花,折来把泥假捏个根儿来卖与他。却有件奇事,虽无根之花,经秋先种下,依然会活。日积月累,遂成了一个大花园。

那园编竹为篱,向阳设两扇柴门。门内一条竹径,两边都结柏屏遮护。转过柏屏,便是三间草屋,高爽宽敞,窗明几净,卧榻桌椅之类色色清洁。阶下篱边尽植名花,开放起来千红万紫、灿烂如锦。真是四时不谢,八节长春。篱门外正对着一个太湖,这湖中景致,晴雨皆宜。秋先于岸旁堆土作堤,广植桃柳。每至春时,红绿间发,宛似西湖胜景。沿湖遍插芙蓉,湖中种五色莲花,盛开之日,满湖锦云烂漫,香气袭人,说不尽的好处。

秋先每日清晨起来,扫净花底落叶汲水逐一灌溉,到晚上又浇一番。若有一花将开,不胜欢跃,或暖壶酒或烹盏茶,向花深深作揖,先行浇奠,口称花千岁三声,然后坐于其下,浅斟细酌。自半放至盛开时,未尝稍离。如见日色猛烈,乃取棕拂蘸水润之。遇着月夜,便连着不寐。倘值狂风暴雨,即披蓑顶笠,周行花间检视,遇有敧枝,以竹扶之,虽夜间还起来巡看几次。若到花谢之时,则累日叹息,常至落泪。又舍不得那些落花,以棕帚轻轻扫来置于盘中,时常观玩,直至干枯,装入净瓮。满瓮之日再用茶酒浇奠,埋于长堤之旁,谓之葬花。倘有花片被雨打泥污,必以清水再三洗涤,然后送入湖中,谓之浴花。平日最恨攀花折朵。就是别人家园中,他心爱着那一种花儿,宁可终日看玩,如若那花主人要取一枝一朵来赠他,他连称作孽,决然不要。若有旁人要来折花者,只除他不看见罢了,他若见时,就把语言再三劝止。人若不从其言,他情愿低头下拜,代花乞命。人虽叫他花痴,多有怜他一片诚心因而住手者,他又深深作揖称谢。或他不在时,被人折损了他的花木,他来见了那损处,必凄然伤悲,取泥封之,谓之医花。为这件上,所以他的园中不轻易放人游玩。偶有亲戚朋友要看,难回复时,先将此话讲明,才放进去。倘有不知好歹的捉空儿摘了一花一蕊,那老儿便要面红颈赤,大大发急,下次就不容他进去看了。

后来人都晓得了他的性子,就一片叶儿也不敢摘动了。

大凡茂林深树,便是禽鸟的巢穴。有花果处,越发千百成群。秋先恐他啄伤花果,却将米谷置于空处饲之,又向禽鸟祈祝,勿伤花果。那禽鸟如有知识一般,每日食饱,在花间低飞轻舞,婉转娇啼,并不损一朵花蕊,也不食一个果实,故此产的果品最多最好。每熟时,先望空祭了花神,然后敢尝,又遍送左右邻家,余下的方卖去,一年倒有若干利息。那老人得了花中之趣,自少至老,五十余年,略无倦怠,身体愈觉强健。粗衣淡饭,自得其乐,若有盈余,就把来周济村中贫乏。自此合村无不敬仰,又呼之为秋公。

却说城中有一人,姓张名委,原是个宦家子弟,为人奸狡诡诈,残忍刻薄。恃了势力,专一欺人,触着他的风波立至,必要弄得那人破家荡产,方才罢手。手下用一班如狼似虎的奴仆,又有几个助恶的无赖。合做一起,到处闯祸,受其害者无数。一日,带了四五个家人同一班恶少,在庄上游玩。那庄正在长乐村中,离秋先家不远。信步行来,不觉已到秋先门首。只见篱上花枝鲜媚,四围树木繁翳,齐道:"这所在亦还幽雅,是哪一家的?"家人道:"此是著名花痴秋先的花园。"张委道:"我常闻得说庄边有个秋老儿,种得异样好花,原来就住在此。我们何不进去看看?"家人道:"这老儿有些古怪,不许人看的。"张委道:"别人或者不肯,难道连我都不肯吗?快去敲门。"那时园中牡丹盛开,秋先刚刚浇灌完了,正摆着一壶酒、两碟果品,在花间独酌,自取其乐。饮不上三杯,只听得敲门响。放下酒杯,走出来开门一看,见站着五六个人酒气直冲。秋公料定必是要看花的,便拦住门口问道:"列位有甚事到此?"张委道:"你这老儿不识得我吗?我是城内有名的张相公,那边张家庄便是我的。闻得你园中好花甚多,特来游玩。"秋先道:"告相公得知,老汉也没种甚好花,不过桃李之类,都已谢了。如今并没别样花卉。"张委睁起双眼道:"这老儿如此可恶,看看花儿有什么要紧,却便回我没有!"秋先道:"不是老汉说谎,果然没有。"张委哪里肯听,向前叉开手当胸一推,秋先站立不牢,踉踉跄跄,直撞过半边。众人一齐拥进。秋先见势头凶恶,只得让他进去,把篱门掩上,随着进来。向花下取过酒果,站在旁边。众人看那四边花草甚多,唯有牡丹独盛。那花不是寻常玉楼春之类,乃五种有名异品,是叫作黄楼子、绿蝴蝶、西瓜瓤、舞青猊、红狮头五种。

那花正种在草堂对面,周围以太湖石拦之。四边竖个木架子,上覆布幔,遮蔽日色。花本高有丈许,最小亦六七尺。其花大如丹盘,五色灿烂,光华夺目,众人齐赞好花。张委便踏上太湖石去,嗅那香气。秋先最不愿人家嗅他的花,乃道:"相公站远些看,休要上去。"张委本恼他不容进来,正要寻事。又听这话,喝道:"你这老儿,住在我庄边,难道不晓得张相公名头吗。有这样好花,故意回说没有,不计较就够了,还要多言。哪见得闻一闻就坏了花?你这般说,我偏要闻。"遂把花朵凑在鼻子上闻个爽利。秋先在旁气得敢怒而不敢言。还道他略看一回就去,谁知这厮故意生事,道有如此好花,如何空过,须把酒来赏玩。吩咐家人快去取。秋先见要取酒来赏,更加烦恼。向前道:"舍下狭小,没有坐处。相公只看看花儿,酒还请到贵庄去饮。"张委指着地上道:"这地下尽可坐。"秋先道:"地上龌龊,相公如何坐得!"张委道:"不要紧,少不得有地毯遮衬。"不一时酒肴取到,铺下地毯,众人团团围坐,猜枚行令,大呼小叫,十分得意。只有秋先努起了嘴,坐在旁边。

那张委看见花木茂盛,就起了个不良之意,思想要吞占他的。斜着醉眼向秋先道:"看你这老儿不出,倒会种花,却也可取。赏你一杯酒。"秋先哪有好气答他?气愤愤地道:"老汉天性不会饮酒,相公自请。"张委又道:"你这园可卖吗?"秋先见口气来得不好,大大惊讶。答道:"这园是老汉的性命,如何舍得卖!"张委道:"什么性命不性命,卖与我罢了。你若没处去,一发连身子归在我家。又不要你做别事,单单替我种些花木,可不好吗!"众人齐道:"你这老儿好造化,难得相公这般看待,还不快来谢恩!"秋先看见逐步欺负上来,气得手足麻软,也不去睬他。张委道:"这老儿可恶,肯不肯如何不回答?"秋先道:"说过不卖了,如何只管问?"张委道:"胡说,你若再说不卖,就写帖儿送到县里去。"秋先气不过,意欲抢白他几句。又想一想,他是有势力的人,却又醉了,且哄了他出去,再作道理。忍着气答道:"相公纵要买,也须从容一日。"众人道:"这话也说得是,就是明日吧。"此时都已烂醉,齐立起身来。

秋先恐怕折花,预先在花边防护。那张委真个走向前,要求折花。秋先扯住道:"相公,这花虽是微物,但一年间不知废了多少工夫,才开得这几朵,折损了深为可惜。"张委道:"有甚可惜?你明日卖了,便是我家之物。就使折尽,与你何干!"把手去推开。秋先揪住死也不放道:"相公便杀了老汉,这花绝不与你折的。"众人道:"这老儿其实可恶,相公取朵花儿,值什么大事,装出许多模样。难道怕你就不折了?"遂齐走上前乱折。把那老儿急得叫屈连天。舍了张委,拼命去拦阻。扯了东边,顾不得西首,顷刻间折了许多。秋先心如刀割,便骂道:"你这般野蛮,无事登门,将我欺负。要这性命何用!"向张委身边尽力撞去,来得势猛,张委又多吃了几杯酒,立不住,翻跟斗跌倒。众人都道:"不好了,相公被他打坏了。"齐将花撇下,便赶过来要打秋先。内中有个老成些的,见秋先已老,恐打出事来。劝住众人,扶起张委。张委因跌了一跤,老羞成怒,赶上前将花打得只蕊不留,撒了遍地。意犹未足,又向花中践踏一回。只气得秋先满地乱滚,抢地呼天。

邻家听见秋先园中喧嚷,齐跑进来,看见众人正在行凶,上前劝住。问知其故,齐替秋先赔个不是,方把这班人送出园门。张委道:"你们对那老贼说,好好把园送我,便饶了他。若说半个不字,须教他仔细着!"恨恨而去。邻里们见张委醉了,只道是酒话,不在心上。复身转来,将秋先扶起,坐在阶沿上,劝慰了一番而别。那秋先不舍得这些残花,走向前去,将手捡拾起来。看见践踏得凋残零落,尘埃沾污,心中凄惨,放声大哭道:"花呀,我一生爱护,从不损坏一瓣一叶,哪知今日遭此大难!"正哭之间,只听得背后有人叫道:"秋公为何这般痛哭?"秋先回头看时,乃是一个女子,年约二八,姿容美丽,雅淡梳妆,却不认得是谁家之女。乃收泪问道:"小娘子是哪家,至此何为?"那女子道:"我家居在左近,因闻你园中牡丹花茂盛,特来游玩,不想已谢了。"秋先听说牡丹二字,不觉又哭起来。女子道:"你且说有甚苦事如此啼哭?"秋先将张委打花之事说出。那女子笑道:"原来为此。你可要这花原上枝头吗?"秋先道:"小娘子休得取笑,哪有落花返枝之理?"女子道:"我祖上传得个落花返枝之术,屡试屡验。"秋先听说,化悲为喜道:"小娘子真个有这法术吗?"女子道:"如何不真?"秋先倒身下拜道:"若得小娘子施此妙术,老汉无以为报。但每一种花开,便来相请赏玩。"女子道:"你且莫拜,去取一碗水来。"秋先慌忙跳起取水,心中想道:"如何有这样妙法?莫不是见我哭泣,故意取笑?"又想道:"这小娘子从不相识,哪有骗我之理,定是真的。"急取了一碗清水出来。抬头看时，不见了女子，只见那花都已在枝头，地下并无一瓣遗存。起初每本一色，如今却变作红中间紫，淡里添浓，一本五色俱全，比先前更觉鲜妍。秋先又惊又喜道："不想这小娘子果有此妙法！"只道还在花丛中，放下水前来致谢。园中团团寻遍，并不见踪迹。乃道："小娘子如何就去了，想必还在门口。待我赶上去，求她传下此法。"一径赶到门边，门恰掩着，哪有女子踪迹！秋先连声诧异道："莫非神仙下降？"又自思道："我因气量狭小，故受外侮。莫若将园门开了，任人观看，庶不负神仙下降一番。"主意已定，次日便大开园门，任人入内游览。但吩咐道："尽凭列位观看，切莫采折便了。"众人得了这话，互相传开。那村中无论男女，无不至园中游览，络绎不绝。

且说张委至次早对众人道："昨日反被那老贼撞了一跤，难道罢了不成？如今再去要他这园，不肯时多叫些人，将花木尽行打烂方出这气！"众人出得庄来，就有人说："秋先园中神仙下降，落下的花仍上枝头，却又变了五色。"张委不信道："定是那老儿有甚邪术，且去看了再说。"一众行来，到了草堂看时，果然话不虚传。那花开得比前姿态愈艳，光彩倍增。张委心中虽十分惊讶，那吞占念头仍然不改。看了一回，忽又起一个恶念，对众人道："我们且走。"齐出了园门，众人问道："相公如何不与他要园？"张委道："我想得好计在此，不消与他说得，这园明日就归于我。"众人道："相公有何妙策?"张委道:"现今贝州有一个反叛姓王名则谋反,专行妖术。枢密府行下文书,普天下缉捕妖人。本府现出三千贯赏钱,募人出首。我明日就将落花上枝为由,教张霸到府首他以妖术惑人。这老儿熬刑不过,自然招承下狱。这园必定官卖,那时谁敢买他的?少不得让与我,还有三千贯赏钱哩。"众人道:"相公好计!事不宜迟,就去打点起来。"当时即进城写下首状,次早教张霸到平江府出首。这张霸是张委手下第一出色的人,衙门情熟,故此用他。

大尹正在缉访妖人,听说此事合村男女都见的,不由不信。即差做公的押着张霸引导,前去捕拿。张委将银钱在衙门中布置停当,让公人先行,自己也同着众人随后跟来。一行来到秋先园中,那老儿还道是来看花的,不以为意。众人发声喊,赶上前来一索捆翻。秋先吃这一吓不小,问道:"老汉有何罪犯?望列位说个明白。"众人口口声声,骂作妖人反贼,不由分说拥出门来。邻里看见无不失惊,齐上前询问。公人道:"你们还要问吗?他所犯的事也不小,只怕连村上人都有份呢。"那些乡民被这大话一吓,心中害怕,唯恐连累,尽皆洋洋走开。

张委俟秋先去后,便与众人将园门锁好。赶至府前,公差已将秋先解进,跪在月台上,见旁边又跪着一人,却不认得。那些狱卒都得了张委银子,即备下诸般刑具伺候。大尹喝道:"你是何处妖人,敢在地方上将妖术煽惑百姓?有多少党羽？从实招来！"秋先道："小人世居长乐村中，并非别处妖人，也不晓得什么妖术。"大尹道："前日你用妖术使落花上枝，还敢抵赖！"秋先听说到花上，情知是张委的缘故。即将张委要占花园打花，并遇一女子将落花还上枝头之事，细述一遍。不想那大尹哪里肯信，因喝道："天下哪有此等事，都是妖人一派胡言！快与我夹起来。"狱卒们答应一声，蜂拥上前。正待动手，不想那大尹忽然一个头晕，险些儿跌下公座，坐身不住。吩咐且上了枷锁发往狱中，明日再审。狱卒将秋先押入狱中，听候再审。

却说张委见大尹已认秋先为妖人，不胜欢喜。手下无赖众人都道："那花园前日尚是老儿的，游得未曾尽兴。今日是相公的了，须要尽情欢赏。"张委道："言之有理。"遂一齐出城，教家人整齐酒肴，径至秋先园中。开门进去，走至草堂，只见牡丹枝头一概不存，与前日打下一般，纵横满地。众人都称奇异。张委道："看起来这老贼果有妖法！不然，如何半日忽又变了？"正言间，忽地起一阵大风，吹得那些落花，一瓣瓣都直竖起来，转瞬间俱变做一尺来长女子。众人大惊，齐叫道："怪哉！"言还未毕，那些女子迎风一晃，尽已长大，将众人团团围住。中间一个穿红衣的说道："吾姊妹居此数十年，深蒙秋公珍重爱护。不意遭狂奴毒手摧残，复又诬陷秋公，谋吞此地。今仇在目前，吾姊妹当戮力击之，以报知己之恩，以雪摧残之耻！"众女郎道："阿妹言之有理!"说罢,一齐举袖扑来。那袖似有数尺之长,扑将过来,冷气入骨。众人齐叫有鬼,撇了家伙,往外乱跑,彼此各不相顾。也有被树根绊脚的,也有被石块打头的,乱了多时,方才定神。检点人数,单不见了张委、张霸二人。此时风已定了,天色已晚,只得回庄。唤几个生力庄客打起火把,转身去寻。直到园中,只听大梅树下有呻吟之声,举火看时,却是张霸被梅根绊脚,跌破了头,挣扎不起。两个庄客先扶张霸归去。众人寻了半响,只见一个庄客在东边墙脚下叫道:"大爷有了。"众人蜂拥而前。庄客指道:"那槐树上挂的,不是大爷的软翅纱巾吗?"众人道:"既有了巾帻,人也只在左近。"沿墙照去,不多几步,只叫得声苦也。原来东角转弯处有个粪窨,窨中一人,两脚朝天,不歪不斜,刚刚倒种在内。庄客认得鞋袜衣服,正是张委。顾不得臭秽,只得打捞起来,眼见得不活的了,抬至湖边洗净。先有人报至庄上,合家大小,哭哭啼啼,备棺成殓。其夜张霸破头伤重,五更亦死。此乃作恶之报。

且说秋先被捉,左右邻居及合村之人均知其冤,但怕张委之势,不敢出头。今见张委已死,无人作对,联合了百十人联名具禀,呈诉前事。恰好大尹正在升堂,欲吊审秋先之事。只见公差禀道:"原告张霸同家长张委,昨夜如何如何,都已死了。"大尹大惊,不信有此异事。须臾间,又见众百姓亦来申诉冤情。深知秋先之枉,喜得不曾用刑。即于狱中吊出秋先,当堂释放。又给印信告示,与他园门张挂,不许闲人侵损花木。众人叩谢出府。秋先谢了众人,回至园中,见牡丹依旧繁盛。自此之后,秋先日饵百花,渐渐习惯,绝了烟火之物。所鬻果实之钱,尽数做慈善事业。后一直活到一百余岁,无疾而终。

火烧安乐村

国韵小小说

火烧安乐村

话说北宋末年,山东沂州城外有一村庄,唤作安乐村。地方幽静,居民乐业。内中有个退职武官,姓刘名广,隐居在此。刘广奉母极孝,膝下二子一女。长子刘麒,次子刘麟,都精通武艺,各已娶妻,亦有本领。女儿慧娘,乳名一个秀字,聪颖异常,深知兵法,通晓阴阳术数。还有一人,唤陈希真,是刘家姨亲。因避仇人,带了女儿陈丽卿,投奔来此合住。陈希真颇通法术,有呼风唤雨之能。丽卿虽是女子,她的武艺却出色惊人。这刘广全家,俱是雍雍和乐,陈希真父女,亦和他们臭味相投。因此上大众安闲度日,倒也十分快乐。一日正是七月初七,丽卿、慧娘等便和麒、麟二位娘子商量庆赏七夕,安排酒脯瓜果,一同乞巧。

到了晚间,四人去禀告过刘母爹娘,都来到后面晒台边。丽卿一向性急,撩起罗裙,踏着梯子,三脚两步先跑上台去了。这里二位娘子在前,两个养娘扶着慧娘在后,上得台来。只见丽卿在那里四边瞭望,喝彩不迭。回头看二位娘子道:"二位嫂嫂,太阳落山好久,怎么天上还是这般通红?你看这些房屋树木,好像笼罩在红纱帐里一般。"二位娘子道:"便是奇怪?"只见慧娘定睛细细一看,大惊失色,叫声"啊呀",往后便倒,面如土色。三人同两个养娘都吃一惊，连忙扶住，问是什么。慧娘略定一定神道："我等合家性命，早晚都休也！你等不知，这气名曰赤尸气，兵书上又唤作洒血。罩国国灭，罩军军败，罩城城破。所罩之处，其下不出七日，刀兵必起，却为何照在我们村庄上？如何是好！"三人都将信将疑，还要问时，慧娘道："快请爹爹上来。"丽卿道："我去请。"飞跑下去了。不多时，引着刘广上来，慧娘与二位娘子把这话细说了一遍。慧娘道："吉凶在天，趋避由人。孩儿常对爹爹说，此地当遭刀兵，想是就应在此时了。望爹爹做主，速速携家远避，可免大难。"刘广沉吟半晌道："我儿你果然看得准吗？"慧娘道："孩儿如何敢乱说！看来此气已老，起得不止一日了。多则五日，少则三日，吉凶便见。"刘广道："我们一时搬到哪里去？只有定风庄乡练李飞豹，我同他认识，却不甚亲近，怎好去投托他？想来除非到你孔厚叔叔家里，我们且下去商议。"众人都下了高台，刘广同夫人说了。夫人道："秀儿的话，比神仙还灵。如何可不信！我们赶紧收拾，慢慢告禀婆婆。"刘广道："有理！"众人都点灯烛，纷纷乱乱，集叠细软。众庄客都知道了，也有信的，也有笑的。

那刘母正在佛堂前面，跪念《高王经》。见他们交头接耳的纷乱，便起身查问。刘广不敢隐瞒，只得实说了。刘母坐下道："你去叫秀儿来。"刘广把慧娘叫到面前，刘母道："你这小东西发什么昏？无缘无故撺掇你老子搬家，待要到哪里去？我请问你！"慧娘道："禀告祖母，孙女委实识得望气。今刀兵将到，大灾临头，故劝爹爹请祖母避难。"刘母骂道："胡说，什么大灾不大灾。一家物件，移入别家屋里，从新再搬回来。遗亡损失，再受别人笑话，你这小东西着什么邪？单是你会望什么气不气，天下不会望气的人，难道都死了不成！"刘广道："方才那气果有些奇怪，孩儿也从不曾见过。母亲却未看见，孩儿往常也听得他们出过师的说，军营中不论城池营寨，有血光黑气罩下，皆主凶兆。又兼本村社庙前老柏树夜哭，村人都听见。秀儿之言，宁可信其有。"刘母便骂刘广道："你这东西也来混说！偌大年纪，听了女孩儿驱遣，连我前都不来禀明。七夕佳节，却使我动气。哪个再敢乱说搬家，我老大拐杖，每人敲他一顿！"骂得刘广诺诺连声，不敢再响。刘母直骂到二更天方去睡了。

　　慧娘到刘夫人房里来，向着娘垂泪道："孩儿是为一家性命的事，祖母如此阻挡，难道束手待毙不成？"少刻刘广同两个儿子进房来，刘广问慧娘道："我儿你果然不错吗？恐你万一拿不稳，认真弄出笑话来，却不是耍处！"慧娘道："啊呀，连爹爹都疑心起来，这事如何好？孩儿如果看错，由爹爹处置。"刘广道："既如此，我们乘老奶奶睡熟，大家连夜先把要紧东西装了。"便回顾刘麒、刘麟道："你兄弟两个，带几个庄客，先押运到沂州城内孔厚叔叔家里去。明日便写信去景阳镇，追你大姨夫回来。"原来陈希真此时不在家中，到景阳镇云天彪处做客去了。当下二刘领命,大家都去收拾。瞒着刘母,忙了一夜,天色未明,已将些东西满满装两大车子。二刘带了五六名庄客,押运了去。

早上刘母起来,刘广领着夫人、慧娘并两个媳妇上堂来,请过了安。刘广上前求告道:"母亲容禀!非是孩儿乱听秀儿的话,只因梁山泊的强人,时常有心看想这几处村庄。不是孩儿夸口,若是自己不落职,亦不怕那些贼人。如今却无尺寸之权,这庄上又没个守望。万一那厮们当真来,却如何抵挡?孩儿愿奉母亲到孔厚家去,暂住几日,另寻稳善所在迁移。"那刘母隔夜的气还未消,听了这话,未及开口,慧娘又说道:"万一那厮们有见识,先截住了神峰山口,再来骚扰此地。那时我们便无路可走!"刘母大怒,指着刘广骂道:"你父女两个,都是失心疯了!好端端住在家里,无故见神着鬼。夜来我这般训诲,大清早又来胡说。佛祖云:家有《高王经》,水火不能侵。我每日如此虔诵,佛必保佑。什么刀兵,敢到这里!不见佛书上所载,当年高欢国孙敬德念了千遍,临刑时,刀都砍不入。我活了七十多岁,永不曾见过什么刀兵。你们这般嚼舌,甚是可恶!"

慧娘听刘母如此说,便道:"他们砍不落头,祖母又几曾见来?这等说,天下凶恶囚犯,只会念《高王经》,都就杀他不成了?祖母不听爹爹言语,恐后悔不及,还望祖母三思。"刘母气得暴跳如雷,拍着桌子大骂:"小东西,把我当作什么人,这般顶撞！将凶恶囚犯来比我么！"刘广同夫人齐喝慧娘道:"小贱人,焉敢放肆,还不跪下。"刘母连叫取家法来。刘夫人只得捧过戒尺来,跪下道:"婆婆,待媳妇处治贱婢。"刘母劈手夺过戒尺道:"谁稀罕你献勤！教这小东西自己伸过手来。"二位娘子一齐跪下去求,哪里求得！

却说丽卿当夜将希真的法宝行李收拾了,又帮他们集叠了一夜。早上梳洗毕,正在楼上掠鬓,听得下面热闹,忙赶下来。楼梯边撞着刘麟的娘子道:"卿姑娘快来,只有你求得落,老奶奶打秀姑娘哩！"丽卿忙赶到面前,双膝跪下道:"太婆看丫头面上,饶了秀妹妹罢。"慧娘已是着了好几下,刘母见丽卿下跪,连忙撇过戒尺,扶起道:"卿姑请起。"便骂慧娘道:"本要打脱你手心皮,看卿姑面上,饶你这贱骨头。起去！"慧娘拜谢了丽卿,哭着归房去了。刘母又把刘广夫妻痛骂一顿,弄得合家都垂头丧气,谁敢再说！

丽卿与二位娘子都去看慧娘,只见他靠在几上,脸向着里只是痛哭。丽卿笑道:"秀妹妹烦恼做甚？什么刀兵不刀兵,哪怕他千军万马,团团围住。我那枝梨花枪,也搅他一条血弄堂带你出去。"二位娘子道:"秀姑娘且莫性急,从长计议。"慧娘道:"我只恐时不待人,早得一刻是一刻。大姨夫不知几时来？也好与他设法再劝。"丽卿笑道:"太婆如真不肯去,我倒有个计较。太婆最喜饮高粱烧酒,一醉便睡。待我去劝他,灌醉了扛在车子上,不由他不走。便是半路上他醒了叫骂,已是晚了。"二位娘子笑道:"这却如何使得!"引得慧娘也笑起来。

丽卿、慧娘等正说笑间,只听得庄外鸾铃响亮,一人飞奔进来,气急败坏,正是陈希真。大叫道:"祸事了!梁山泊贼兵,遮天盖地似的杀来也。"众人齐集,都大惊失色。刘母立起身道:"当真?"刘广道:"叫庄客们快备牲口。"话未了,又听得人喊马嘶,只见刘麒、刘麟都赶跑进来道:"贼兵已在攻打沂州,城门都闭,车子进不去。现在只好寄在龙门厂雷祖庙内,留几个庄客同车夫在彼看管。贼兵就到,为何还不走?"慧娘发恨道:"哪里肯依我的话,真弄到如此!"刘母吓得说不出话,只是发抖。刘广上前道:"母亲,母亲,你不要惧怕,我们大众管住你。"众人乱纷纷扎抹、备马、取兵器、点火把。希真道:"且休乱,定个主意,如何保老小?"刘广对两个儿子道:"汝等同我管住祖母,余外丢开。"刘麒、刘麟怎敢不依,便对二位娘子道:"母亲全仗贤妻护持。"二位娘子道:"丈夫放心。"丽卿道:"我只好管秀妹妹。"刘广扶持刘母上了马。那刘母口里不住的"南无佛,南无法,南无僧,佛国有缘,佛法相因,常乐我静,人离难,难离身,一切灾殃化为尘"。颠三倒四地念那《高王经》。

此刻安乐村,各家已都得知了,霎时间一派哭声。携男挟女,寻母觅爹,分头逃难。刘广家内妇女并使女养娘们,幸而都会骑牲口。二十多庄客都省得武艺,各持兵器护从。

刘麒的娘子使一口雌雄剑。忙忙乱乱,出得庄门。那丽卿早已绰枪挂剑,骑在他的枣骝马上。只听得西边村庄上喊声大震,鼓角喧天,贼兵已到。众百姓抛儿弃女,自相践踏,哭声震天。火光影里,已望见"替天行道"杏黄旗,当头大将正是霹雳火秦明。刘母、刘夫人心胆俱裂,大家一齐取路投东而走。欲过大溪水桥,转弯往南去,只见桥上人已拥满,两边都挤下水去。不多时,桥梁压断了,满溪里都是人。刘广等见了,只得再往东走。已到安乐村东边尽头,只见林子里飞出一片火光,无数贼兵都在火光背后,正是黑旋风李逵的步兵,顺风胡哨杀将来。东风正大,黑烟卷来,人马皆惊。刘广叫道:"左有高山,右有大水,前有烈火,后有追兵,这却怎好?"希真忙叫一个庄客,就地下挖起一把沙土来,念动真言,吹入撒开去。只见一阵怪风,飞沙走石,把火头倒吹转去,烧得那些贼兵叫苦连天,各逃性命。刘广等乘势闯出村口。行得不远,又一片喊声,拥出一二百兵马来。只见丽卿挺枪跃马,大喝一声,当先冲杀过去。这里众英雄各奋神威,带领庄客舞剑抡枪,一拥杀上,好一似虎入羊群。那一二百人,都落花流水地散了。众英雄护定老小,只顾往前走。前面已是往丁字坡那条大路,一头往南,一头往北。刘广回顾老小人等,幸喜一个都不失散,稍为放心。杀声渐远,大家都下马少息,商议投奔的所在。望那安乐村,已变作了一座火焰山了。

众人正观望间,只见正南上火光冲天,喊声大起,逼近来。刘广忙扶了娘上马投北,众人一齐都上马走。不多时,撞着一队贼兵,正是陈达、孔明、孔亮的兵马,来接应秦明、崔豪、姚顺同去打城。秦明等劫了安乐村,正杀过来合兵一处,将刘广、陈希真等一班老小都裹在乱军之中。当时众英雄在乱军里面,彼此不能相顾。却说刘广同两个儿子,紧紧护着刘母,只往前厮杀。迎头一员贼将,乃是跳涧虎陈达。当时陈达大喝道:"你是什么人,敢在大军内乱扰!"刘广更不敢答话,拍马舞刀,直取陈达。陈达正抵敌不住,斜刺里又来了旄头星孔明,双斗刘广。刘广奋勇厮杀,孔明、陈达败走。刘广回头不见了刘母并两个儿子,心里甚慌,急转旧路杀回来,一口刀逢人便砍,竟寻不见母亲。便慌急起来,止不住心头乱跳,不防黑影里射来一支箭正中腰窝,坐不住鞍鞒,跌下马来。背后陈达已到,举刀劈面就剁。说时迟那时快,却得刘麒娘子一马赶到,大喝:"谁敢动手!"挺手中雁翎刀敌住陈达。那孔明又转来相助,刘广已跳起来,抡刀步战,希真也保着刘夫人赶到。三位英雄,两马一步,又杀退陈达、孔明。刘广道:"我的娘在哪里?"又要杀转去。希真道:"太亲母好像已在前面。"刘广便转身往北。希真道:"你受了伤,步战不便,我的马让你骑。"刘广便骑了希真的马,希真步行,提枪保护。

且说孔明、孔亮、陈达聚在一处道:"这是一伙什么人,如此猖獗！休被他走了。"便呐喊杀拢来。后面又有崔豪、姚顺的人马拥上来，四面贼兵围住。希真、刘广、刘麒的娘子保着刘夫人，苦战不得脱，刘广只叫得苦，希真一时也用不及那都箓大法。正危急时，只见孔亮一边人马大乱，火把丛里，一位女英雄杀入来。舞动梨花枪，纵开枣骝马，风掣电卷冲进来。众人见丽卿来到，大喜！忙护着刘夫人杀上前来接应。丽卿大叫："爹爹见秀妹妹否？"孔亮不识高低，便去抵敌，被他一枪，对心窝刺个正着，翻斤斗撞下马来，一道灵魂回梁山泊去了。贼兵乱窜。希真道："吾儿前面开路。"众人护着刘夫人，奋勇杀开条血路，透出重围。希真便夺一匹马骑了。大家离得贼兵已远，那刘母、刘麒、刘麟、刘慧娘、刘麟的娘子及一切庄客仆夫养娘们，俱失陷在贼里。陈达等见他们勇猛，不敢便追。

却说希真、刘广等都去溪涧桥边鹅卵石滩上息下，星光下刘广中的那支箭，透入数寸，拔出血流不止。刘夫人忙撕下绸衫的里襟与他裹定。刘广哭道："我娘的命想已休也，我再去寻来。"希真、刘夫人一齐劝道："你已这般，去不得了。"刘广喝道："你是媳妇，也如此乱说！"便忍着疼痛，提刀上马。怎奈跨不上鞍，跌倒在地。希真、刘夫人忙去扶住，希真道："你们在此，待我再杀转去，务要寻太亲母出来。"刘广咬着牙齿，点点头。丽卿在旁叫道："爹爹在此保护，不要离开，孩儿总要去寻秀妹妹，一同救了太婆出来。"希真道：

"既是你去,须要小心。"丽卿绰枪上马,复入虎窟龙潭去了。

刘广倒在滩上声唤,刘夫人在旁流泪。忽见一人匹马单刀奔来,希真只道是贼,忙提枪在手。再近来一看,却像是刘麒。刘广、希真一齐叫道:"我们在这里!"刘麒下马,见了父母甚喜。刘广问道:"祖母在哪里?"刘麒道:"都失散了。"刘广大怒,起身拿刀,便杀刘麒。慌得希真连忙夺住。刘广骂道:"叫你保护祖母,你撇下他自己走了。"吓得刘麒俯伏在地,不敢作声。刘广又骂道:"如今用不着你这东西,待我自去。"便飞身上马。希真、刘麒连忙追上去,不到得一箭之地,刘广箭疮迸裂,跌下马来,晕了过去。希真、刘麒忙去靠住,叫了半晌,才醒转来。刘夫人也赶到哭道:"丈夫忍耐。"便对刘麒道:"我儿你快去吧。"

刘麒提刀上马,仍回旧路。刘麒的娘子看见,痛哭不已。刘麒赶到乱军中,没命地杀进去,来往寻觅。可怜哪里见个踪迹。忽然撞着丽卿,浑身血污,杀将出来。丽卿道:"哥哥见他们了吗?"刘麒道:"别人由他,只是我失陷了祖母,爹爹要斫我。我救不出祖母,回去不得了。"丽卿道:"我听那正南上喊杀连天,不知是哪里的兵马同贼兵厮杀。我和你索性往正南上去寻,或有些踪迹。"二人便一齐纵马上去。将近丁字坡,天已黎明,只见满地男女老少的尸体纵横,血流成渠。刘麒道:"我祖母大半是休也,如何是好?"正说着,只听山坡上有人叫道:"哥哥妹妹,快来!"二人抬头看时,只见山坡上一个小庵,刘麒认得是白衣观音庵。庵内一人开门出来,手持黄金锏,正是刘麟。二人大喜,忙纵马上山坡到庵前。刘麟道:"你等冲散后,我保着祖母,冲杀贼军。祖母胃痛病又发,是我挟了祖母投这庵内,将祖母藏在佛柜中,关了门。从门内张望,盼个人来同救祖母出去。"刘麒大喜,和丽卿下马进庵,扶出刘母,保护着一同下山。不提防半路上撞着一队官军,将刘母捉去。那领兵的将官,正是刘广的仇人,便将刘母押入牢中。有年纪的人,如何禁得起这般磨折!便呜呼死了。后来刘广得知,真是痛不欲生。

且说当下慧娘陷在人丛中,幸被丽卿救出,未受损害。刘麟的娘子,已死于乱军之中。刘夫人又吓又悲,几番死去活来。其余都厮杀得神疲力尽。还幸贼兵已退,众人才得无事。可怜一个快乐家庭,被梁山泊强盗扰得七颠八倒。这正是言者伤心,闻者酸鼻!

大言牌

国韵小小说

大言牌

话说明朝时候,江苏吴江县有个文素臣,天生神力,文武兼全,专以扶善锄恶为己任。一日,因为听得他的好友洪长卿,在京病已垂危,便觉心如刀割,着急异常。当时素臣在丰城未家卧病刚好,即提了行李,徒步动身。足不点地走了半夜,有一百多里路。当夜在路旁一个古庙里歇了,也没解开铺盖。约有半更天光景,更是耐不得了,又起身走了有四五十里,天才大亮。身边摸出几十文钱来买点心,吃了又走。到九江渡过江去,又渡过一港,耽搁多了,只走了一百七十里。到黄梅县地方,天色已晚,各家都上火了。因想欲速则不达,如此走法,怕身子走乏,反为不妙。还是稍稍安歇,夜里也睡一二个更次方好。主意定了,就下了饭店,打算雇骡。店家道:"直要过了庐州府,到宿州桃源一带,才有骡雇哩。沿路若撞着回头骡子,更是便宜。若雇包程骡子,须十两一头,不如骑站骡便宜,也是快的。"素臣想雇包程的好,打开被囊,却并没银钱。想起临走匆忙,没有带得。忙把顺袋翻转倒出来,除所带药物以外,只有八九两银子。想那包程是雇不成的了,且骑站骡赶路罢。走了五日,才到红心驿地方。问明设有站房,那日就往站房里歇了。

原来素臣是骑不来小牲口的,连日所骑站骡力量又小,屡屡要跌仰下来。紧勒一勒,骡口又勒破了。到了站里，费尽唇舌，赔了一二百钱，才算了事。站骡又雇不成了。恰遇一群回头骡子，讲定五两银子送到京中。素臣大喜，连赶了几日。那骡吃不住，伏在地下，只顾喘气，总不起来。后面赶骡的来看见，打了几鞭，见打不起，知是真病。滚在地下乱哭乱喊道："死了我了！"素臣心上更是着急。别的骡夫道："不是哭的事，大家帮着扛起来，撮弄到前面店里去，请兽医看视。"哪知到了半夜里，骡子死了，那骡夫大哭大喊起来。店家人等都来劝说。素臣没法，将剩下的二两多银子、一条夹被、两件棉衣都准折了，赔算一半骡价。打发停当，已是四更天气。素臣提了被囊，径出店门。走到日出，已是滕县地方。第二日宿在东平，想着盘费将完，甚为着急。哪知愈急愈慢，又走错了路，整整地走了三日。这日赶到德州，因无银钱，一日竟未吃饭。觉得疲乏，将晚就下了店。店小二道："爷还是进京的，还是来看大言牌的？若是看大言牌的，就替爷预备早饭哩。"素臣道："是进京的，谁要看什么大言牌！"小二答应去了。素臣净过头面，往后面去解手。心里筹划盘费，想来想去，更无别法，只有当大衣服的一法了。正在凝神暗想，恰被侧手屋里一盆水直倾出来，冲着地下灰土，溅了素臣一脚都是泥水。素臣道："什么人眼睛都没有的？"只见那屋里跑出一个人来，开口便骂，伸手就是一拳，劈面打来。素臣侧过头面说："不要动粗，我并没有骂你。"那人又是一拳。素臣闪过笑道："真个要打吗?"那人又是一腿踢来,素臣更耐不得,将脚照准那腿轻轻一洒,那人已是跌倒,大喊救命。就这一声喊,却把合店客人,一齐惊动,赶出房来。只听一个人叫道:"那不是素兄么!"素臣一看,大喜道:"原来是双人。"地下那人已是爬起,一道烟走了,众客人也各自走开了。双人问素臣为何进京。素臣道:"遇着你正好。"因问长卿病状。双人道:"长卿并未有病,因恐被权奸利用,托病告假,并非真病。"素臣听罢,大喜道:"我一路担着无限忧疑,岂知长卿不特不死,并未有病!"双人道:"弟明日要留此一日,去看大言牌。吾兄有兴,同去一看,到后日回南如何?"素臣道:"我此时得了长卿确信,其兴百倍,明日准陪吾弟同去便了。"

说罢,各自归寝。睡至五更,店小二来催素臣起身。素臣道:"我因遇着这位乡亲,已不进京,要同去看大言牌哩。"素臣、双人吃饭后,问了路径,同双人身边的一个小童意儿,走出店门。只见男妇老幼,挨肩擦背,都是看大言牌的。一路随行逐队,拥出东门。早望见一座大寺,寺前一座高台,台前两根旗杆,杆上扯起黄布长旗。见那旗上现出斗大的黑字,一边是"任四海狠男儿争夸大口",一边是"遇一个弱女子只索低头"。双人道:"不想是个女人,这也奇怪了!"素臣道:"休看轻了女人。我前日在丰城,看见两个卖解女子,也就不差。至今尚佩服她的胆气不小哩!"说着已走近台前。只见东首台柱边放一只朱红木斗,斗里竖起一根红竹竿,竿上五色彩线穿着一扇锦边绫面的竖头牌,随风招扬,上写"大言牌"三字。双人道:"吾兄若肯出场,便可先打碎此牌,后上台比较了。"素臣微笑,抬头看去,见一个大匾额,匾额上横着大红全幅彩绸。绸底下露出四个大金字:天下无双。素臣笑道:"这真是大言不惭了。"

看那台上,却是三个座头,正中一张交椅,高高的架起在一个盘龙座上,披着绣金红纱椅披,安一个藤心缎边暗龙纹的坐垫。两旁两张交椅,一色披着白纱洒金椅披,也安着缎边藤垫。后面一字排开四支豹尾枪。东边斜摆一张红柜,柜上放着天平戥子、纸墨笔砚之类。柜边一字儿摆着四张椅子。西边斜摆着一座架子,插着诸般兵器。台顶用席篷盖得密密的,不露一些日色。飞角四柱,俱用彩绸缠挂,下面铺着全场绒毯。四面游人拥挤,语言嘈杂。远远的搭着篷帐,卖那茶酒吃食。也有星卜挂招,也有走方卖药,也有撑着红伞卖西瓜,嘴里喊叫一个大钱一块。合那卖冰梅汤的,掂着铜瓯儿响做一片,闹得人心里发烦。进寺看时,山门大殿,虽也高大,却是倒败,并不热闹。走出寺来,对着擂台,又是一座小方台儿,也挂彩红,却没匾旗,也甚平常。中间设着两个座儿,却有一张公案,围着一条红桌围。正看得完,听得人声鼎沸,远远的彩旗摇摆,鼓乐喧天。两支号头,高一声低一声的吹将近来。几对枪棍过去,只见前面两个女子,骑着白马。后面一个道士,骑着黑马。素臣看去,哪知是在丰城看见过的。后面喝道之声,又是一位官员过来,当时各上台去。那道士便向擂台上居中高坐,两个女子列坐两边。那官员坐在小台左边,那把红绸交椅上。只听得小台上两支号头齐齐地掌了三声,便发起擂来。擂了三通鼓,那台上的人,齐齐发一声喊,把台下众人嘈杂都禁住了,静悄悄的没一些声响。只见那道士掀起胡须,高声说道:"贫道兄妹三人,在西川峨眉山学道,奉峨眉真人法旨,下山普度通晓法术、精熟武艺、练习拳棍之人。路过本州,本州相公礼请登台。自本月十九日起,至下月十五日止,要普度有缘,同归大道。列位看官,不可当面错过。果有缘分,英雄本领,即请上台。"

道士说毕,台上人又齐齐发一声喊。只见人丛中早挤出一条大汉,跳上台去。那道士立起身把手一拱道:"请坐了。"那大汉便向柜内坐下。那柜上一个人敲着天平。那大汉身边摸出四五锭小银,那柜上人撩下天平,提出戥子,称了一称。在柜内取出一封银子,问了大汉,拿纸笔写了些什么,叫大汉画了押。一个走下台来,如飞到小台上,连银递与州同看过,判着日子,压在公座之上。只听那小台号起,连掌三声,许多人役齐喝一声"放打",这边台上众人,也齐齐发一声喊,就是那喊声里,擂台上右边坐的一个女子,把身上的纱衫纱裙卸去。那大汉也脱去外衣,两人各立门户。走到中间,动起手来,没有几个回合,那大汉吃那女子一夹,立刻蹲在地下,挣扎不动。那女子笑吟吟地穿好了衣裙。那大汉只得一步慢一步地挣下场去。

台下众人齐齐喝彩道:"这女人真好手段!"喝彩未绝,台东边早飞上一个女子,手捻一锭大银,噹的一声响,往天平里掷去。把衣裙一卸,就去与那女子放对。素臣急看,正是那丰城江中唱歌走索的女子。擂台上左边坐的一个女子,慌忙脱去衣裙,便来接手。一来一往,走有一二十个回合。素臣看那台上女子,只辨着招架,渐渐地招架不来。只见右边那个女子,仍把衣裙脱卸,忽地走入场来,三个女子丁字儿站着厮打。台下众人,俱不平起来,只碍官府镇住,不敢哄闹,却嘈嘈杂杂地议论。素臣心头火起,正待发喊,只见台下早飞上一个女子,撞入场中,捉对儿敌住,正是丰城江中一同唱歌走索的女子。打到后来,在台上左穿右插,仰后迎前。把看的人眼光都耀花了,不住声地喝彩。素臣看那台上女子时,脸红颈胀,气乏神亏。看那两个唱歌女子,正是眼明手快,气旺神完。只见那道士闭着眼睛,牵着嘴唇,像是念什么。看那唱歌女子,登时变起脸来。素臣知是道士的邪术,想着预备的袖弩。暗道:"可惜忘带身边,不然,正好暗中助他一弩,除这妖道。救这唱歌女子的性命。"再细看那唱歌女子,脚步已是散动,口里发起喘来。素臣见事危急,将身子蹲下去,把肩头一摆,看的人纷纷滚滚闪落两边。抢到东边一根台柱,用力一扳,只听见哗啦一响,如山崩石塌一般，早把柱子扳断。那台便直卸过来，台上的人连桌椅柜架等物，一齐滚落地下。只空了道士一个，挽着西北角上柱子，悬空站立。台上台下，跌伤压坏的，哭喊爬滚，四边的人一齐发喊。素臣看那两个女子，已被两个后生背负。前面一个后生，如猛虎一般，打开条路，往西而走。看那两个卖打女子，已跑进寺门去了。

素臣见双人、意儿在人丛中挨挤不出，连忙走去，分开众人，携手出来。回到店中歇下，双人道："方才四个女子正打得好看，偏台倒了，没见输赢，真是煞风景。"素臣道："这台是怎么倒的？"双人道："都说是人多挤折了台柱，那台就倒了。"素臣道："你看那柱子有多少粗，怎挤得断？"双人道："不错呀，那柱有三四尺粗，怎挤得断呢？"意儿道："是文相公拉倒的，文相公分开了人，小的正看得清楚，台就倒了。"素臣道："实对老弟说，那两个打擂女子，就是我在丰城江中看见过的走索卖解的。道士暗施邪术，要害她性命，故愚兄扳柱救之。"双人道："弟出神在台上，竟不知道。怪道台倒了，就不见吾兄哩。"素臣等正在讲话，只见一个人在门口一探道："真算运气，居然寻着了。"素臣忙看那人，有二十多年纪，是走江湖的打扮，请素臣到外边说话。素臣道："你是何人，有何话说？这里别无外人，何妨直说。"那人低低说道："小人解鲲，家传卖解，领着那两个妹子，在江湖上走跳。前日在丰城江中，蒙爷赏了两锭银子，至今感念。今日两个妹子上台打擂,被道士暗算,又蒙爷搭救,真是重生父母。"素臣道:"打擂时我不过在那里闲看,后来台挤倒了,就回来了,何曾有什么搭救的事?你认错了人。"解鲲道:"人多眼暗,看的人也都认是挤倒的,唯有小人看得真切。妹子被道士暗算,因官府镇住,自己本领又低,不敢胡乱。正在着急,忽被爷把小人挤开,扳折台柱,救了妹子性命。这是亲眼见的,哪得会错呢!"素臣只不肯认,解鲲滴泪说道:"爷不肯认,真教小人没法,但小人妹子被魔病危。前在丰城时,听说爷是神医,要求爷去一救,爷不肯认,这是小人妹子没命,辜负爷一番救拔之恩了。"素臣惊问:"我怎是个神医,你妹子真个病魔着吗?"解鲲道:"妹子不病魔,敢谎着爷吗?那日在丰城,蒙爷重赏,小人们感激。闻着人都说是一位名医,医好了县老爷的病,所以小的晓得爷是神医。"素臣道:"你何不早说,只顾说那倒台的事,快领我去,休再噜苏了。"

解鲲喜出望外,忙揩干眼泪,领着素臣,走到一个小酒店中。进了一条小弄,连转几条弯才是。南北开窗,对面六间房屋,壁上架着诸般兵器,好生疑惑。忽地跑出一个人来,扑翻身便拜,说道:"原来是文爷。"素臣慌忙扯着,正是开路的壮士。暗想:"他如何知我姓文?又有些面善。"那人道:"文爷不认得小人了,小人元彪,正月里在东阿山庄见文爷的。"素臣方才记起道:"原来是你!我说怎么那样勇壮,你们弟兄都好吗?"元彪道:"靠文爷洪福。"又一个汉子走来叩头,说是解鹏,随请素臣到北屋里去。只见两个女子都昏迷不醒,睡在床上,口吐白沫。素臣看了面色,诊一诊脉,开出药方。元彪忙去买来,将药服下,竟是霍然而愈。

当日素臣十分欣喜,走过南屋里来,问元彪道:"你缘何在此?"元彪道:"此处上接帝都,下通我们山庄,系往来大道、水陆码头。小人们往来,都在此店歇脚。这店家伙伴合本钱,都是山庄里的。今日小人去看大言牌,见这两个女子甚是英雄,后来忽地改变,就猜是道士的邪术。正是没法救他,忽然擂台倒了,小人就打开一条路,领到这里。那解鲲说是江西一位医生,扳断台柱,救他妹子的。小人想着那样粗柱,扳折得断,定是非常之人,心里也想结识。忪惠着解鲲,他也要救妹子,出来找寻,哪知就是爷!我说哪里还有这般神力的呢?"两人说话间,那两个女子同走过来,双双拜谢。素臣看那两个女子,已是复原,这才回店。次日与双人同车回南。看那车夫,却就是泼水打架的那个,素臣道:"你昨日要打我,今日我却坐你的车子,这叫作不打不成相识了。"那车夫没口地分说道:"小的昨日该死,喝醉了,得罪了爷。爷是大人不作小人之过罢。"素臣、双人一笑,也就罢了。

以文素臣之神力,无人能敌。遇着车夫泼水,竟不与计较,此正是素臣涵养功深,能识得大体处。凡人单身旅行,若遇着无端的横逆,须要如素臣之忍耐方好,不然未有不吃眼前亏的。

巡检招婿

国韵小小说

巡检招婿

话说文素臣自从得官之后，随同皇甫金相巡阅九边。走到临洮，与金相分手。金相回京复命，素臣带着使用的小童名叫松纹，向四川、云贵等处，游历一遍。及至到了广西之思恩地方，已是次年五月光景。那日在苗地中走了一百余里，竟无处去买饭食，午后方见一小小村镇，有两个饭店。主仆二人，即向第一家饭店投入。只见店内挂着钟馗神像，桌上瓶内插着石榴花，店主人脸上吃得红红的。迎接进去，就送上一口槟榔，有几个小儿小女，颊上都涂着雄黄。素臣暗忖："莫非正是午日？"因称赞那榴花道："比我们江南的竟大有三五倍！"主人听说是江南人，欢喜道："难得今日端阳佳节，就接着江南客人。"忙唤伙计把现成酒菜搬出来，一面答道："我们这村叫作看花村，村外各处俱有花园，这样榴花，还不算大哩。"

须臾，伙计托着酒菜出来，摆好桌上。主人自己斟了一杯酒奉上，素臣正在渴时，一饮而尽。主人连奉三杯，素臣连饮三杯道："主人请便。你这酒甚好，要你多卖几壶。"主人放下酒壶，命伙计去掇一小坛酒来，说道："只是价钱贵些。"素臣道："只要酒好，价贵些何妨。"因请主人把松纹带领过隔壁一间吃饭。素臣自斟自酌，伙计拿上饭来，素臣且不吃饭，坐着闲看。只见店里男女一阵风都赶出来,说是看官府。那店主便来推扯素臣,说是老爷们到,快些站起来。素臣颇有酒意,便不甚理他。店主用力想扯起素臣,却似生根的一般。正在着急,早有两个苗兵赶进店来,各持藤条,套着素臣颈项便走,却走不动。素臣道:"做甚锁我?"苗兵道:"官府拿你。"素臣道:"是什么官,做甚拿我?"苗兵道:"说出来要吓杀了你,是上林寨巡检大老爷。见你大剌剌的坐着,店家拉扯,还挺着不站起来,故此拿你。"素臣道:"知道了,你叫他来见我,我有话说。"苗兵发怒,呼的一掌,向素臣脸上打来。松纹闻闹,早已走过这边,因素臣平日管教,不敢插话。今忽见苗兵动手,更耐不得,忙用掌向苗兵肩窝里一搪。苗兵仰跌过去,连那一个也碰倒在地,声声叫喊。惊动街坊邻舍,都来围看,称奇道怪。店主人却更加着急,说道:"你这小哥,惹下祸来了。这巡检老爷的法度,好不厉害。你打他的人,他肯依吗?"一面说,一面去搀扶苗兵。苗兵爬起,见素臣仍是坐着,松纹怒目而视。情知敌不过,一跷一拐地去报官去了。

松纹问素臣道:"苗兵此去,必有人来啰唣,该怎么发付他?"素臣道:"我这会子,酒正涌在心口,且待下去了再处。"松纹问可要吃茶,素臣摇头。松纹又问:"爷还没吃饭,吃些饭压下酒去吧。"素臣道:"饭一下去,就要吐了,使不得。"主仆二人,正在问答,店门外已拥着三四十人。那被推跌的苗兵，指着松纹，说是凶手。众人都不信道："怎么这点孩子，有那般本事？"估量了一会儿，只得拥进店中，来拿松纹。松纹不敢行凶，只把当先的或是一拉，或是一推。拉着的便倒入店中，推着的便跌出店外，跌倒几个。不见素臣吆喝，便率性将两手往外连推，便把三四十个苗兵，一齐向街心纷纷滚滚的，跌作一堆，叫苦连天。素臣被这一番大闹，酒已醒了大半。站起身来喝道："不许动手！"松纹被喝即住。各兵抱头鼠窜。听得一处锣声，店主探头出望，大惊失色道："客人不好了，不知有许多老爷来了！"素臣笑道："多几个不妨。"须臾轿马填门，有一位官员，先入店中。将素臣仔细一看，急走上前，附耳密问。素臣也把那官员仔细一看，附耳密答。那官员急忙抱住素臣，长跪于地。旁边看的人，都惊骇道："怎么老爷都跪起客人来了！"

　　原来那官员，名叫解鲲，是受过素臣好处的。解鲲才跪下，随后一位官员趋入，解鲲拉着也跪下去，那便是他的兄弟解鹏。把看的人愈加惊吓，都道："这是我们的老爷，怎也跪着这客人？"素臣两手相搀道："请起，休失了观瞻。且问你二人，现居何职？去岁我同皇甫兄巡历九边，有许多武职，由广西调去的。问你两人姓名，都不知道。"解鲲道："小人改名羊化，现任迁江卫同知。兄弟改名羊运，现任上林卫同知。恩爷巡视九边，恭喜已入朝就职了。"素臣道："我虽钦赐翰林，却未到任，是东宫命我同皇甫金相巡视九边。

你我同为王臣,不可复称小人。"羊化道:"以后遵命便了。"当时把众人让入店中道:"此是翰林文爷,弟曾受过大恩的。"各官见说是一位翰林,都一齐下跪。看的人这才知道,素臣不是客人,是一顶大的大官。素臣连忙扶起道:"弟偶尔路过,冠服不备,各位俱请以常礼相见。"众官俱打恭站立。内有一员,跪地不起,说道:"卑职该死,冒犯大人。"素臣问知是上林寨巡检岑猛。笑道:"不知者不罪,快请起来。"店主人已搬有三五条板凳,七横八竖的摆下,各官都不敢坐。素臣道:"彼此并无统辖,哪有不坐之理!"强之再三,方各打一拱,请素臣朝外而坐,各官两旁坐下。

当时店家托上茶来,茶罢,问各人姓名职任。羊化道:"这是上林卫佥事钟赞,这是迁江卫镇抚尧进,这是上林卫千户卞本,这是迁江寨巡检岑铎。"素臣问:"因何齐集一处?"羊化道:"岑巡检昆玉,设席村外榴园,请各位庆贺端阳,故集一处。因兵役们报说,被一路过孩子,打坏了数十名苗兵,各位俱以为奇,故一同到此。"因看着松纹道:"想就是这位尊使了。"素臣道:"实不相瞒,弟今日多饮了几杯空心酒,为其所困。岑老爷差人来唤,不能应命。众人怒弟违逆,当即掌责。这小厮无知,恐伤弟面,辄用手拦隔,致有跌仆。弟若非困于酒,则断无此事矣。"慌得岑猛忙跪下去道:"卑职该死,求大人恕罪。卑职立刻把那动手的兵役绑过来,凭大人处死。"素臣忙令起坐道:"才说过的不知者不罪,即使真被掌责,亦可勿论,如何要处置他起来?"岑猛及各官俱打恭道:"足见大人天地之量。"羊化问松纹年纪,松纹走近一步,打千回说:"小的今年十五岁。"羊化慌忙扯起,却见他腰里插着军器,甚是笨重。用手去掏将出来,却直挫下地去,忙用了手劲,才拿得起,却是两柄大锤。羊化大惊道:"这锤敢有百余斤,常时插在腰间,非有千斤之力者不能。千军万马中,尚可所向无敌,何况这几十个蠢材!"各官俱想拿起来看,还有拿不动的,都相顾失色。岑猛道:"欲求尊使轮舞一回,不知可否?"素臣暗忖:"松纹膂力有限,未必能舞。但既常插在腰,想来还可抡动。"因店中狭窄,说道:"岑老爷要看你舞锤,若舞得动,可到街上试舞一回,却不可勉强。"松纹答应,提锤而出。站定脚跟,使个身法,抡动起来。竟如两柄木锤一般,使得灵便非常,光芒闪烁,令看者不能注视。迎着风呼呼的响,一团白气,满身跳掷。人人喝彩,个个称奇。舞了一会儿,自知气力不加,素臣又吩咐不要勉强,因看着街旁有一块大捣衣石,直滚至前。轰的一声,把那石打得五花星散,爆满一街。被碎石打着的人,都头破血流,直声哭喊。看松纹时,手靠双锤,并足而立,却是口不喘气,面不改容,只如未舞时一般。众官满面失色,赞不绝口,连素臣也出于意外。甚是欢喜道:"也还算亏他,不致十分出丑。"众官称赞道:"大人尊使,有此神力,游行天下,足资护卫矣。"素臣微笑。羊化道:"各位还不知大人的神力哩,敢怕这样大锤,舞动一二十柄来。"众官吐出舌头,缩不进去,素臣看了,暗自好笑。

岑猛请素臣往榴园一叙,素臣因有前事,恐其芥蒂,也就应允,随同众官前去。及至席散,已是定更。羊化、羊运,陪着素臣往上林卫来,一路众官陆续辞去。到了衙门,羊化、羊运随同进内,重复行礼。请入澡室净洗,出来献上凉茶,三人就座,叙述别后情形,直到夜深,才各自就寝。次日清晨,岑猛即来求见。羊运留饭,饭后仍留不去,候至岑铎来见,向其耳语。岑铎因问素臣道:"尊使是家生还是契买?"素臣答:"系朋友所送。"岑铎道:"大人家中尊使,还有这般本事的没有?"素臣道:"弟童无几,却都比这厮好。"岑铎吐舌道:"还有比这位好的,这真是天神了!"不瞒大人说:"卑职弟兄,因与逆侄为难,时刻焦心,幸遇尊使这般神勇。痴心欲向大人求下,为一保家之主,只恐大人全仗他为爪牙,就不敢启齿。今闻勇仆甚多,不揣冒昧,斗胆直陈。舍弟有女娇凤,年方十三,愿招尊使为婿,谨奉千金,作为身价。不知大人能俯从否?"素臣道:"弟虽贫,也不至卖仆。千金身价,再也休提。至为婿之说,二位现系朝廷命官,岂可以家童为婿,玷辱门楣!"岑猛道:"这却不妨。卑职苗俗,只重勇力,不论门楣。尊使若赘到卑职家中,便是巡检之婿,属苗敬畏非常,哪敢轻视。兼有这般神力,更有何说!"羊化、羊运也为竭力撮合,素臣听说,只好应允。岑猛大喜,一面吩咐从人料理酒筵彩轿等事,一面同着岑铎告辞,预备招婿去了。

次日,择定五月十二黄道吉日入赘。一切行聘等事,俱是羊化帮着素臣料理。到十二这日一早,岑家先送来了一乘大轿、两乘中轿,请素臣等去会席。松纹坐入大轿,素臣、羊化坐上中轿。来到岑家,新人交拜过,摆上席来,大家入座。连主及客共是八位官员,只有一人是道家装束,面相甚是凶恶。素臣本不喜道士,又见这般凶相,便不甚理他。岑猛道:"这位仙长,道号峒元,是久经得道的。"素臣唯唯。当下定素臣首席,峒元对坐,两大媒东西首席,以下各官挨坐相陪。一会儿席散,素臣等辞谢回来。到了晚间,羊化弟兄向素臣说道:"恩爷今晚睡觉要警醒些,防备那道人前来谋害。"素臣骇然道:"我与他无怨无仇,怎要谋害起我来?"羊化道:"那峒元深通妖法,这一方人都受他制伏。往常不论是何筵宴,俱坐首席,今日恩爷坐了首席,他已大不悦了。加以恩爷自入门以至席散,没有理他。我们见他满面怒容,侧目而视,知道他心怀不良。素知恩爷不怕邪术,故也不在心上。方才岑氏兄弟,再三叮嘱,故复向恩爷饶舌。"素臣道:"邪不胜正,死生有命。夜间有甚响动,你们俱不必惊慌,也不须起来窥探,恐被邪术所伤。"羊化、羊运俱唯唯遵命,说罢各自安寝。

是夜,素臣不点灯烛,身边取出宵光珠。此珠是素臣征服海盗时,在海中梦见老蚌相送,夜间发光,满室明亮,隐身珠下,他人不能见。素臣把来悬挂床前,手内执着宝刀,在床默坐。二更以后,一阵风声,两扇窗槅洞开,一只斑斓猛虎,跳入房中,直向床前扑来。素臣手起一刀,只听得嚎叫之声,向外跌扑而去。看床前时,落有半段血淋淋的狗腿,用刀尖将其挑过一边。不多时风声起处,张牙舞爪地蹿进一条金龙,蹿至宵光珠前,即落于地。看地下时,却并非金龙,是一条黄色丝绦,也用刀尖挑过。三更以后,三四个青面獠牙的恶鬼,各持刀剑,跳入窗来,东西搜觅,总看不见素臣身影。有一个用刀来挑明珠,被素臣一刀削去四个指头。刀刮下去,又带伤了后面一鬼的毛腿,血洒床前,都抱头鼠窜,跳窗而去。须臾只见一把飞刀,直飞入来。正待把宝刀架隔,那飞刀已铮的一声落在地下。接连又是一把飞入,依然落在床前。取起看时,连那断指恶鬼手中落下的一把,共是三把上好的苗刀,一齐丢入床下。又隔一会儿,忽然窗槛上火起,焰腾腾地烧着。素臣咳一口涎沫,远远的吐向火里去,那火登时灭熄。看那窗槛,仍然如故,并没烧损痕迹。哪知槛火虽灭,忽地抛进一个火球,满地乱滚。滚着桌椅箱笼等物,无不被烧,却总滚不到床前。火光透向珠边,便自消灭。素臣复吐出唾沫,火皆立熄。被烧之物,不损分毫。素臣也就不吐唾沫,任他去烧。不一时,烧得满屋通红,烟焰四起,毕毕剥剥,爆响有声。又怕当真烧坏了器物,也且被缠得厌了,因正要小解,便向那火球上撒下溺去。谁知这一溺,不特球上之火无影无踪,并把满房烟焰全消,遍屋火光尽灭。溺里浸着一人,翻滚哭喊。素臣走来看时,却是一个十六七岁的道童,满身都是朱砂画着火焰纹色。当下用那条黄色丝绦,将其捆缚起来,丢在墙脚。仍复上床默坐。

自此以后,既无怪异。直到东方发白,羊化弟兄进房问候,素臣收起宵光珠,把夜来之事说知。羊化、羊运脸都吓白了。忙到墙角边一看,认得是峒元之子,有名的红孩儿。素臣令羊化押在外边,闭上门窗,待自己略睡一会儿。羊化等依言,把红孩儿押带,关门而去。红孩儿哀告哭求,羊运叫人取水替他浇洗,换了三次,把身上的溺全洗净了。不一会儿,松纹回门,羊化摇手,令勿惊醒素臣,并告诉夜间之事。松纹问红孩儿道:"我们爷与你家并无怨仇,怎起这恶心?是弄什么法术,反害了自己?"红孩儿道:"这是我父亲该死,说文爷在席上不把他当人。先咒着一只黄犬,变作猛虎来,被文爷砍去了半条腿。跑回去倒下,堪堪待死。又咒了一条丝绦,变作金龙,又被收住了。只得差了四个徒弟,变作恶鬼,各持刀剑来杀文爷。不知文爷藏在哪里,空中一刀劈下,把一个师兄的手指剁掉四个,又刮伤一个师兄的腿。然后用飞刀来取首级,却一连两把都被收去。"父亲道:"一不做二不休,只得要用火了。把我身上画着火焰,咒进房去,打算连人连屋,都烧成灰烬。哪知只有火形,并没火性。一切器物,烧了半天,仍复如旧。床前挂着一颗珠子,连火光都冒不上去。我正想逃走,不料被文爷一泡小便,把我浸在中间,烟火俱消。疼痛欲死,脱身不得,就被捆住的。"

松纹正在根问,峒元已求了岑氏兄弟,一同到门。羊化、羊运忙走出去,只见峒元背负荆条,哀告两人,转求素臣,恕他冒犯之罪。羊运进房,素臣已醒,因把峒元请罪之意说知。素臣走出房来,令人解去其缚,撤去荆条,命之使坐。峒元叩首哀告,跪在地下,不敢就座。素臣笑道:"只要你以后不行此邪术伤人,我就饶你。"峒元慌忙发誓道:"若再行邪术害人,不得好死。"素臣扶起峒元,立将红孩儿唤至,并将半段狗腿、一条丝绦、三把苗刀俱行发还。峒元羞惭满面,领着孩儿,叩头拜谢而去。松纹拜过素臣,羊化摆出酒来,大家入座。席散后,松纹随同岑氏兄弟回去,去做他的巡检女婿去了。

古来婚姻制度,阶级最严。以文素臣之通达,尚以松纹是个家童,恐辱没了巡检门楣,他人更可想而知。现在改建共和,此种阶级思想,或可铲除尽绝的了。

洞庭红

国韵小小说

洞庭红

话说明朝成化年间,苏州阊门外有一个人,姓文名实,字若虚。生来心思灵巧,做着便能,学着就会,琴棋书画,吹弹歌舞,件件精通。他自恃才能,不十分去营求生产,因此将祖遗的千金家财,日少一日。后来晓得家产有限,看见别人经商图利的,时常获利几倍,便也思量做些生意。却又百做百不利,不但自己折本,就是与他搭伴的,亦无不失败。不到数年,竟将家产弄得干干净净。乡人见他如此,遂替他取了一个绰号,叫作倒运汉。

一日,他的邻居张大,又要往海外去做生意。若虚私自思道:"我既一生做事不利,生计将绝。不如附了他们海船,到了海外看看风景,也不枉人生一世。"正思量间,恰好张大踱将进来。原来那张大名唤张乘运,专做海外生意。眼里认得奇珍异宝,又且秉性爽慨,肯扶持好人。所以乡里也替他取一个浑名,叫作张识货。当下若虚便把此附船游玩的意思一一与他说了。张大道:"极好极好,我们在海船里方嫌寂寞。若得兄去,又多一伴侣,也可解解气闷。众兄弟们,料想多是欢喜的。只是一件,我们都有货物带去,兄并无所有,觉得空走了一趟,未免可惜。待我去与众人商量商量,多少凑些出来助你,将就置些东西也好。"若虚道:"只怕没有人如兄的厚情,肯来周全小弟。"张大道:"不要管他,且去试试看。"说着一径去了。

过了半日,只见张大气愤愤地走来道:"那些人真真好笑,说道你去,无不欢喜。说到助银子一层,就没有人作声了。今我同两个要好的弟兄,凑得一两银子在此,也办不成甚货,凭你买些果子吃吧。饮食一切,俱归我们担任。"若虚接了银子,称谢不已。张大去后,他便亦走出门来。拿着银子,看了又笑,笑了又看道:"这些些银子,置得甚货,置得甚货?"说着,信步行去。只见街上叫卖橘子的实在不少,这橘子是太湖中洞庭山所出,名曰洞庭红。因洞庭山地暖土肥,与福建广东无异。福橘广橘的名声,播满天下。洞庭红与它颜色香味一般,不过初时味略带酸,后来熟了,也甚甜美,价却比福橘便宜得多了。当下若虚见了此橘,心中暗想道:"我一两银子,倒可以买得不少。在船中既可解渴,又可分送众人,以答助我之意,岂不甚好。"想罢,便上前去买,买成装上竹篓,雇人并行李挑下船去。众人见了,都拍手笑道:"文先生宝货来了。"若虚羞惭无地,只得吞声上船,再也不敢提起买橘的事。开得船来,渐渐出了海口。只见银涛卷雪,雪浪翻银,三五日间,随风飘去,也不觉走了多少路程。忽至一个地方,舟中望去,人烟聚集,城郭巍峨,晓得是到了什么国都了。舟人把船驶入藏风避浪的小港内,钉了桩,下了锚。船中人上岸一看,原来是来过的所在,名曰吉零国。

将中国货拿到这里来卖,这里货拿到中国去卖,都是一倍有三倍之利。众人多是在此做过交易的,各有熟识的行家通事,都上岸找寻发货去了。

若虚既无货物,又且路径不熟,也无处走,只得仍在船中闷坐。忽然想起:"我那一篓红橘,自从到船以后,不曾看过,倒不要被人气蒸烂了。趁着现在无人,何不看他一看!"想罢,忙叫水手取出那篓橘来。打开看时,只见上面一层,个个完好,略为放心。便一层一层地看下去,把那看过的都摆在船头上面,等到看完已摆满一船头了。远远望来,好像万点火光,一天星斗。

岸上人都走来问道:"这是什么东西呀?"若虚因言语不通,只不答应,但拣了一个有白点的,剥开来吃。岸上看的人益发多了,都惊笑道:"原来是好吃的。"就中有一人走来问价,船上水手替他竖起一个指头道:"要一钱一个。"那人闻言,在身边摸出一个银钱来道:"买一个尝尝。"若虚接了银钱,觉得有两把重,心下想道:"不知这些银子要买多少,且先把一个与他看样。"遂拣个极红得可爱的,递了与他。只见他接在手中,扑的就剥开来,香气扑鼻,连旁边闻着的许多人都叫好。那人剥去了皮,却不分瓣,一块儿塞在口中,甜水满嘴,连核都不吐,一齐吞下去了。吃完之后,哈哈大笑道:"妙哉妙哉。"又摸出十个银钱来,要买十个,去奉敬头目。若虚喜出望外,便拣了十个与他。一班看的人,见那人如此买法,遂也有买一个的,也有买两个的。须臾之间,已剩得不多了。又停了一歇,只见先前买十个的那人,骑了一匹青骢马,飞也似奔到船边。下了马,分开众人,大声叫道:"不要零卖!不要零卖!尚有多少,俺头目一总收买,去进贡国王的。"众人听见这话,便远远走开,站住了看。若虚是个伶俐的人,看见来势,早已心中明白,晓得是个好主顾。连忙把篓中的橘,尽数倾出,数一数只剩五十余个。便道:"这几个留着自吃,不卖的了,如肯加些价钱,尚可再让几个。"那人肯出两个银钱一个,务要全买,若虚只肯卖一半。说来说去,五十一个橘子,足足卖了他一百五十六个银钱。那人另出一个银钱,连竹篓也买了,把篓拴在马上,含笑而去。众人见已买完,遂一哄而散。若虚进了舱,把银钱来称一称,每个有八钱七分多重。数一数,将近一千个,把两个赏了船家,其余的收拾在包内,好不欢喜。

　　少顷,众人回来。得知此事,都惊喜道:"造化造化!我们同来,倒是你没本钱的得了大利。"张大便拍手道:"人都说他倒运,而今想是转运了。"过了几日,众人交易已毕,便上船开行。一日午后,忽然天气大变,狂风怒吼,雪浪滔天。船上人见风色凶猛,扯起半帆,不问东西南北,随风势飘去。隐隐望见一岛,便带住篷脚,只对着岛边驶来。相离半里光景,细看却是一个无人的荒岛,遂驶到藏风处,抛锚下锭。等候风势小些,再行开船。若虚因身边有了银子,恨不得插翅飞到家里,此时叫他守风呆坐,心里好不焦躁。便问众人道:"我们且至岛上,看看如何?"众人道:"一个荒岛,有何好看?"若虚道:"总是闲着,去去何妨。"众人都被风颠得头晕,个个是呵欠连天,不肯同去。若虚便独自一人抖擞精神,跳上岸来,攀藤附葛,直走到岛之绝顶。那岛虽不甚高,只是荒草蔓延,无好路径。到得上边,往下一看,四顾茫茫,身如一叶,不觉凄然下泪。心里想道:"我如此聪明,不幸家业消亡,剩得只身,漂流海外。虽然侥幸得着千余个银钱,今在此绝岛中,性命尚不知如何!"正感慨间,只见远处草丛中,有一物突然高起。走近一看,却是如床大的一个败龟壳。大惊道:"天下竟有如此大龟!世上人哪里曾见过?说也不信的。我自到海外一番,未曾置得一件海外货物,今带了此物回去,也是一件稀奇的东西。又且锯将开来,一盖一板,各置四足,便是两张床,岂不奇怪。"想罢,便解下汗巾,穿在龟壳中间,打个扣儿,拖着就走。到了船边,船里人见他这般模样,都笑道:"文先生又拖了一件什么东西来了?"若虚道:"好教列位得知,这就是我海外的货物了。"众人抬头一看,不觉都惊异道:"好大的龟壳,你拖来何干?"若虚道:"也是罕见的,就带了它去。"众人大笑道:"好货不置一件,要此何用?"有的说道:"也有用处,医家要煎龟板膏时,拿它去打碎煎起来,也当得几百个小龟壳。"若虚道:"不管它有用没用,总是稀罕的东西,又不费一文本钱,何妨带了回去!"说着,便叫两个水手,抬下舱来。初时岛上空阔,还不觉十分大,现在舱中看去,益发大了。若不是海船,也装不得这样笨重东西。大家见了,又取笑道:"到家时如有人问及,只说文先生做了如此大乌龟生意来了。"若虚道:"不要笑我,好歹有个用处,绝不是弃物。随他众人取笑罢了。"说毕,颇觉得意。后又取些水来,把龟壳内外洗一洗洁净,抹干了。却把自己的钱包行李,都塞在龟壳里面,两头用绳子一捆,当了一个大皮箱。自家笑道:"不是眼前就有用处吗?"众人都笑将起来道:"好算计,好算计,文先生到底是个聪明人!"

次日风息,开船而行,不数日又到了一个去处,却是福建地方。才停了船,就有一伙惯接海客的小经纪,来招呼他们到一家姓玛名宝哈的波斯人店中。那店主人听说海客到了,连忙先办酒席。吩咐停当,然后出来与众人相见。众人都与他做过交易的,自然相熟,只文若虚不曾认得。看那波斯人在中国住得久了,衣帽言语,都与中国相同,不过深目高鼻,有些古怪而已。众人用过了茶点,主人便请他们到一个大厅上,只见酒筵都已完备。主人道:"请列位拿出货单来一看,以便好定座位。"原来旧例,海船一到,主人先款待一番,然后发货讲价。排座位时,只看谁的货物顶贵重,就请谁坐在首席。其余的亦看货重轻,挨次坐去,不论长幼尊卑。这是一向的规矩。当下众人各依自己货物贵贱,挨次坐下。若虚既无货物,只得呆呆地站在那里。主人道:"这位客官,未曾会过。想是初次出海,置货不多。"众人道:"这是我们的朋友,到海外去游玩的。虽有银子,却未置货,无奈只好屈他末席坐了。"若虚满面羞惭,坐了末位,主人在横头相陪。众人猜枚行令,欢呼畅饮,只有若虚闷闷不乐。主人看了不好意思,也劝了他几杯。众人都道酒够了,上船发货去吧。便一齐辞了出来,回到船上。

少顷,主人来回拜。一走上船,见舱里那件很笨重的东西,早吃了一惊道:"这是哪一位客官的宝货,昨日席上并不曾说起,莫非是不肯卖的吗?"众人都笑指道:"此乃敝友文兄的宝货。"主人向着若虚一看,满面涨得通红,带了怒色。埋怨众人道:"我与诸公多年相处,如何作弄我,教我得罪这新客,把一个末位屈了他,是何道理?今且慢发货,容我上岸谢过罪再来。"说着便扯了若虚上岸。众人不知其故,十余人都随了上来,重到店中。主人对着若虚道:"适间得罪得罪,且请坐一坐。"若虚心中暗想:"不信此物是宝贝,莫非竟有这等造化不成?"主人走了进去,须臾出来,仍请众人到先前吃酒的地方,又早摆下几桌酒。为首一席,比前更加齐整。主人把盏向若虚一揖,就对众人道:"此公正该坐第一席,你们枉有一船货,也还赶他不上。先前失敬失敬。"众人听了,又好笑,又好怪,半信不信的一带儿坐了。酒过三杯,主人遂启口道:"敢问客官,此宝可肯卖吗?"若虚是个聪明人,便趁口道:"只要有好价钱,为何不卖?"那主人听得肯卖，不觉笑逐颜开，起身道："果然肯卖，但凭吩咐价钱，不敢吝惜。"若虚其实不知值多少，讨少了怕不在行，讨多了怕惹人笑。忖一忖面红耳热，反而说不出价钱来。张大便与若虚丢个眼色，将手放在椅背后，竖着三个指头，再把第二个指空中一撇道："索性讨他这些罢。"若虚摇头道："这些我还讨不出口。"在这个当儿，却被主人看见道："果要多少价值，但说何妨？"张大搗一个鬼道："依文先生说，像要一万呢。"主人呵呵大笑道："这是不肯卖，哄我而已。此等宝物，岂止值此价钱？"众人听说，个个目瞪口呆，都立起身来，扯若虚去商议道："造化造化，想是值得多呢，我们实在不知如何定价，文先生不如开个大口，凭他还罢。"若虚终觉得有些碍口，主人又催道："实说何妨？"若虚只得讨了五万两。主人还摇头道："罪过罪过，没有此话。"扯着张大私问道："老客官，你往来海外，不是一番了。人都叫你张识货，岂有不知此物就里的？必是无心卖我，奚落小子罢了。"张大道："实不瞒你说，这个是我的好朋友，同去海外玩耍的，故他未曾置货。此物乃是避风海岛，偶然得来，并非出价置办的，故此不识得。若果真有五万两银子与他，够他富裕一生，他也心满意足了。"

　　主人道："如此说，要你做个大大的保人，当有重谢，万万不可翻悔！"遂叫店小二拿出文房四宝来道："烦哪一位代写一写。"张大指着一人道："此位客人褚中颖，写得极好。"

主人便把纸笔让与褚客。褚客磨浓了墨,提起笔来,写下两张合同。客人文实,主人玛宝哈,中人张乘运等十余人,次第画了花押。主人便命人抬出一箱银子来道:"我先交明白了佣钱,然后付价。"众人闻言,都攒将拢来。主人开了箱,点了一点,却是五十两一包的银子二十包,总共一千两。遂向着张乘运道:"这些银子,凭着客长收下,分与众位罢。"众人当初吃酒写合同的时候,还有些不信的意思,如今见他拿出雪白的银子来做佣钱,方知是实。若虚更欣喜欲狂,连话都说不出来。众人收了银子,乃齐声问道:"交易已成,不必说了。只是我们毕竟有些疑心,此壳有何好处?值价如此!还要请主人见教。"若虚道:"正是正是!"主人笑道:"诸公枉在海上走了多年,连这些也不识得。此乃鼍龙之壳,鼍龙即龙生九子之一种。其皮可以幔鼓,声闻百里,所以谓之鼍鼓。鼍龙到了万岁,方才脱下此壳成龙。此壳有二十四肋,按天上二十四节气,每肋中间节内有大珠一颗。在肋未完全的时候,虽也有生捉得他来的,然只好将皮幔鼓,其肋中并无东西。直待二十四肋,肋肋完全,节节珠满,然后蜕了此壳,变龙而去。今此壳系天然蜕下,气候已到,肋节俱全,与生擒活捉的不同,所以有如此之大。但壳不甚值钱,其珠则皆有夜光,乃无价之宝也。"众人听罢,正在疑信参半,只见主人已叫了二十余名扛夫,将五万两银子,陆续扛到船中。若虚点收已毕,便将龟壳交与来人带回,自己亦在后跟着。龟壳扛至店中，主人就走进去了，一会儿笑嘻嘻的出来道："请诸公看看。"说着，解开一个西洋锦的包来，只见包中裹着寸许大一颗夜明珠，光彩夺目。取个黑漆小盘，放在暗处，其珠闪闪烁烁，滚个不定，约有尺余亮处。众人看了，都惊得目瞪口呆，伸了舌头缩不进去。主人回身转来，对众人一一致谢道："多蒙列位作成，只此一颗，拿到咱们国中，就值方才的价钱了。其余的都是尊惠。"众人个个心惊，却是说过的话，不好翻悔。主人见众人有些变色，急忙收了珠子，直到里边。又叫抬出一个缎箱来，除若虚外，每人又送了缎子二匹、细珠一串。文若虚处，另送粗些的珠子四串、缎子八匹，用作纪念。众人受了，莫不称谢。

　　少顷，别了主人回到船上。若虚向众人谢道："多承列位挈带，有此一注意外的钱财。"说着便把自己包内卖洞庭红的银钱，倒将出来，每人送他十个。张大与先前出银助他的，分外又送了十个，聊表谢意。又拿出几十个，分赏与众水手。大众称谢不尽。过了数日，众人货已卖毕，开船回国，到得苏州。若虚置产娶妻，成家立业，嗣后做事，无不顺手，不上十年，竟成了一个大大的富翁。若虚于无意中得了一注财，虽云是他的侥幸，然亦是自己去寻出来的。倘使他也像众人畏难，不走到那岛上去，哪能得着这许多银子呢？照此看来，可见一个人能够遇事不畏难，就不患无出头之日了。

教场打拳

话说明朝有一位落难的英雄,姓洪名锦,同着母亲及妹子锦云,由杭州坐船,往沧州进发。这日舟泊维扬,洪锦便叫船户上岸,打了些酒,独自畅饮,不觉酩酊大醉,梦到黑甜。那时有个钻舱的恶贼,姓牛名洪,浑名黑夜鼠,专在水面上钻舱打劫。这夜偏生来到洪锦船上,见船上人等,睡得寂然无声。登时将闷香烧起,匿足潜踪,钻入舱内,倾箱倒箧,将所有的衣服银两,偷得干干净净。此时无一人知觉。等到天明,船户起来,预备开船,只见舱门大开。惊唤洪锦道:"舱中失窃了,客官快快起来!"洪锦等应声而起,见那箱笼内衣服银两,全行失去。这一急非同小可,随即叫船户找了一处招商客店,暂且住下。当下就向店主人费五借了一支笔,开具了失单。又问明江都县衙门的路径,便辞别了洪夫人,前往报案。

不多一刻,洪锦已到县衙,打听得现任知县,姓胡名图。却好胡知县正升堂理事,便向公案前双膝跪下,先将被窃情形申诉一遍,然后将失单呈上。只见胡知县高坐堂上,把眉头一皱,望下说道:"呔!好没来由,尔可知此地自从本县到任以来,从未有什么盗贼。难道本县清如镜明如水,还给你讹诈不成?"洪锦闻言,暗笑哪有这样糊涂人能做知县。因道:"县太爷不要动怒,俺也是官家子弟。只因运蹇时乖,才弄到如此地步。今日冒昧前来,委实被窃,还求县太爷格外垂怜,查个水落石出。那就感恩戴德,没齿不忘了。"那胡知县听说,笑嘻嘻地道:"据你这样说法,不是讹诈本县,定是一定被偷的了。"洪锦答应了一声"是"。胡知县又道:"既是如此,本县倒要问你,这个贼姓甚名谁,家住哪里,你可将他交来,待本县代你重办。"说罢,只是笑嘻嘻地望着洪锦。洪锦闻言,真个急煞。暗思这样不明事理的人,也配做一县的父母官。因辩说道:"俺若知贼的姓名住处,早把他捉来报案,何必还要求县太爷出差抓获呢?"胡知县见洪锦定要他捉贼追赃,登时老羞成怒,将惊堂木一拍,大声喝道:"好混账的东西,胆敢无理取闹!差役们,赶快替我拖他出去!"此时值堂书吏,见胡知县闹得不成事体,因上前说道:"启禀太爷,这捕贼追赃,实是太爷分内的责任。若要叫失主拿获到案,那还要县太爷做什么呢?况且太爷为民父母,民间有了盗贼,必然百姓受害。太爷能出差捉住了重办起来,也是太爷勤慎从公、为民除害。等到太爷任满之后,那些百姓感戴太爷的恩德,也还要公送几把万民伞、几扇德政碑。这是何等光辉,何等体面!倘连这小小的窃案,不但不给人家出差捕获,还要叫失主指出名姓,这句话将来传了出去,那就声名狼藉了。据书办的愚见,太爷是应当准他捕获的。"

胡知县听说,拈着须,沉吟良久。才望着书吏说道:"此案是应当本县给他出差捕获,不应该叫他交出贼人的吗?既如此说,那就是了。且叫他好好的下去,待本县代他标差便了。"洪锦这才退出。暗想:"那书吏的一番话,真个入情入理。大约是因为胡知县糊涂到底,只顾贪赃枉法,不知除暴安良,一县遭殃,万人唾骂。才肯说出那几句良心话来。不然,俺洪锦真死无葬身之地了。"一面想着,已回到客店,就将以上的话对着母亲妹子说了一遍。洪夫人及锦云听说,又是好气,又是好笑。只得住在客店,等候县里捉贼追赃。洪锦隔两日便到县里催一次,一连催了七八次,足足等了一个多月。哪里捉到个贼,追到个赃。看看房饭无资,难以度日,加之人地生疏,无门告贷。洪锦慨叹身世,只是长吁短叹。真个是英雄落魄,用武无地了。

一日,洪锦信步出游,借解愁闷,却好走到教场。但见人声鼎沸,热闹非常。四面一瞧,也有玩杂耍的,也有变戏法的,也有摆书场演说盲词的,也有卖各种吃食的。形形色色,都在那里混钱吃饭。洪锦看罢,猛然触起心事,暗道:"俺洪锦颠沛流离,至于此极。与其日坐愁城,何不在此想个变通办法,也好贴补日用。"心中想罢,便向众人拱了拱手,带笑说道:"在下姓洪,本是沧州人氏,只因同了母亲妹子回籍,道经贵地。夜遇钻舱恶贼,窃去银两,虽曾投官报案,求代捕贼追赃。怎奈一月有余,人赃未获。俺的母妹,现住招商客店,房饭难敷,不得已借贵地打两套拳法,望诸位仁人君子,随意帮助帮助。"话才说完,那些看热闹的人,已团团的围了一转。

当下洪锦便开架落带起来。只见他上三下四、左五右六,先打了一套。然后将那雪花盖顶、枯树盘根、独虎归山、双龙出水,各种架势真耍得风雨不透。只见他两只拳头,或上或下、或左或右,将他的身子都遮盖起来,看不清楚了。那些看的人,登时彩声雷动,都道好拳法,因此丢钱的却也不少。洪锦心中想道:"照此办法,我母妹三人,倒也暂可度日。"遂弯腰将钱拾起,向大众说了一声多谢,便又将架落摆开。此时却从人丛中走进一人,但见他腰佩宝剑,暴眼浓眉,凛凛身躯,堂堂一表,是个武生打扮。还跟一个小吏,站立背后。他却叉手而立,侧目而视。洪锦见了,以为他是个法家,便抖擞精神,又耍了一套。哪里晓得武生未来之先,把钱的人,倒实在不少。自从他进来,却没有一个人把钱。你道这是为何呢?原来这武生姓马名骜,是本县的一个武举,为人凶横异常。若有江湖上卖艺的人,来此经营,必要先送个帖子,到他那里。每日还要致送些钱,方许他在教场内卖艺。倘不如此,若是有人把钱给卖艺的,他看见了,不但不许卖艺的在此,还要与那把钱的为难。因此看的人见他来了,就没有一个再敢把钱。洪锦哪里知道,将一套拳耍过,正要向众人讨钱。只见那马骜喝道:"尔是何人,敢在此卖弄武艺。可知道俺那里还未挂号,何能容你在此逞能?"

洪锦闻言，暗想这厮如此言语，未免欺人太甚。因道："俺卖俺的拳，却与你何干？"马骜更是大怒，喝道："好大胆的狂奴，此地没有尔站的地步。"说着就将腰间佩的宝剑抽出，向洪锦砍来。洪锦一见也怒道："皇帝家的地方，怎能任你作威作福！"一个进步，将马骜的宝剑夺了过来，乘势一脚飞去，马骜早跌落尘埃。洪锦更近一步，按住马骜，手起剑落，登时将马骜砍死。那些看的人一齐喊道："杀死人了！"马骜的小吏便走上前来，扯住洪锦。洪锦却叉手而立，怒声说道："诸君勿怕，俺洪锦也是个堂堂的丈夫。俺既然将顽徒杀死，岂肯畏罪逃脱！一人做事一人当，但请众位将我领到公堂，俺去首告便了。"此时众人中有那怕事的，早已溜了大半。那好事的就开口说道："一人做事一人当，才算是英雄好汉。既如此说，我们就带你到县，让你首告。"那本坊地保，闻得出了命案，也赶着前来，拘拿凶手。一听洪锦要到县里首告，他便邀了许多见证，同着洪锦一齐去到江都县衙门。

　　当时胡知县一闻此言，直吓得魂飞天外，即刻升堂，传拿凶手。哪知洪锦已站立堂上，便将始末根由，直供不讳。胡知县触起前事，暗想："洪锦如此凶横，真个目无法纪。前次逼迫我捉贼追赃，明明是有意讹诈！"便怒冲冲地传了伺候，去往教场相验。一霎时，到了教场，只见马骜的家属环跪在地，叩求申冤。胡知县准了状词，又喝令仵作相验，据报委系被剑砍死。当即填明尸格,传命尸亲收殓,便即打道回衙。又将人证传到堂上,问了一遍,都与洪锦口供相符。胡知县一面命将洪锦先行收监,一面备文书通详上宪,专待上司回文,便好按律治罪。

可怜洪夫人和锦云困居客店,哪里晓得洪锦遭下奇祸,命在旦夕!却还盼望洪锦回来,或者打听得县里有什么好消息。正在痴想,忽见费五匆匆得进来,望着洪夫人说道:"你家令郎在教场里,不知为了何事,将本地一个武举马鸷杀死,已被县里捉住收监。眼见得是要偿命的了。"洪夫人及锦云一闻此言,只吓得胆碎魂销,面如土色。不觉放声哭道:"苍天呀!为何我洪氏一门,迭遭奇祸。想在杭州时,幸亏那义士李广搭救,助赠银两。实指望从此还乡,安然无事。又谁知半途遇贼,窃去银两,只落得坐困客店,日食难度。今逆子又行凶杀人,收入监狱,我母女两个,怎生是好呢?"絮絮叨叨,搥胸拍桌的哭个不了。费五在旁,见此光景,陡然想出一条毒计。便假惺惺地向前说道:"老夫人与小姐此时哭也无益,总要想个法儿,救出你家令郎才好呀。"洪夫人道:"店主人,你叫我们做妇人的有什么法子想呢?"费五便趁机说道:"我倒有个法儿在此,不知能行不能行。我们这里钞关城外范家庄,是当朝宰相范其鸾的住宅。他虽不在家中,他家那些公子们,却专肯济困扶危,又与本城地方官都有往来。我明日送老夫人前去恳求一番,他家公子必肯代你令郎设法的。"洪夫人听了这话,便将眼泪拭了一拭。先向费五谢道:"多承店东关切。"便与锦云商议了一会。在锦云的意思,还想到杭州去求李广,但恐远水救不着近火。只得听费五的话,且走一趟。费五见洪夫人应允,心中暗喜,即刻出来,与他妻子刁氏说明如此如此,就可骗卖他的女儿。刁氏也是欢喜无限。

到了明早,费五就来催着洪夫人前去。洪夫人也因救子心切,嘱咐了女儿一声小心,随即同着费五出了钞关。洪夫人年老力衰,怎经得长途跋涉!虽是寸步难行,仍然气吁吁地拼命前进。及走到一处河边,费五以为时不可失,便给洪夫人一个冷不提防,猛然推入河内,可怜洪夫人就随波逐流而去。费五暗想洪夫人已经溺毙,便一口气赶回店中,告知刁氏。当下鬼鬼祟祟,将锦云诱至仪征地方,卖给一个财主王清为妾。得了身价,不回扬州,却逃往他方去了。

再说洪夫人被费五推落河内,顺流而下,也是他命不该绝,偏偏碰在一只船的舵上,被船上一位英雄救起。那英雄问悉根由,急忙立起,深深一揖道:"据伯母如此说来,洪锦兄竟是一位英雄。小侄最敬的是忠臣孝子义夫节妇,最恨的却是那赃官污吏恶棍土豪。洪锦兄能除民害,真个令人生敬。伯母但请放心,小侄自当竭力相救。"洪夫人也就问他尊姓大名,祖居何地。那英雄叹了一口气答道:"伯母,小侄与洪锦兄,同是天涯沦落之人。祖籍河南人氏,姓傅名璧芳,先父曾任山东登州知州,不幸为奸臣所害,惨遭落职,一病身亡,先母前年才经去世。小侄因此愤恨,就与两个中表兄弟一唤钻天龙左龙,一唤入地虎左虎,俱有万夫不当之勇,在清江登云山立了山寨,暂时托足。只因打听得江都知县是个贪官,要去打劫他那些不义之财,做山寨的粮饷。此次前去,正好将洪锦兄救出,给小侄们做个帮手。"正说话间,左龙、左虎亦均到来,傅璧芳便将始末根由对左氏兄弟说了一遍,当嘱给洪夫人行礼。傅璧芳又将去救洪锦的话告诉左氏兄弟,左龙、左虎当下齐声说道:"见义不为,是无勇也。"随即点了五百喽啰,吩咐了一会儿,命各混入扬州城。傅璧芳等三人,到了扬州,先寻了一处饭店住下。一日黄昏时候,三人走到县衙左右一带探望,但见五百喽啰,已分伏各处,彼此递了暗号。傅璧芳等便静悄悄地混进头门,伏在黑暗处所。挨到二更将尽,大家就预备起来。又停了一会儿,只听大堂上鼓打三更,傅璧芳等即脱去外衣,拔出佩刀,就在头门里先放了一把火。登时烈焰腾空,火光烛地。那外面的喽啰看见火起,一个个手持兵刃,蜂拥而进。傅璧芳等三人,即刻奔到监院,劈开监门,大声喊道:"洪锦兄何在?俺等特来搭救你的!"

此时洪锦正在那里愁闷,忽听得有人喊他,前来搭救。知道是翻监劫狱了,登时应声答道:"洪锦在此,哪位英雄前来相救?"傅璧芳一见抢步上前,将洪锦所带的刑具,全行打落。随即递了一把朴刀过去,洪锦接在手中,跟着傅璧芳等三人领了喽啰,杀至大堂。一路杀到后宅,众口同声,不杀却胡图,断不罢休!此时衙门内上自幕友,下至差役,哪一个不吓得魂飞天外,只恨少生了两条腿,跑得不快,却又心慌意乱。明明的向西奔,他反向东跑,连方向都辨不清了。傅璧芳等杀至后宅,只见胡知县正要从后门逃走,却被洪锦一把抓住,大声喝道:"你可认得一月前来报窃案的洪锦吗?你平日贪赃枉法,误国误民,今日可饶不得你了!"胡知县正要哀求,已被洪锦一刀杀死。

　　傅璧芳及左龙、左虎,见胡知县已被杀死,即领了喽啰向外杀出。此时城守千把各官,俱已闻报。一面飞传各城门严加把守,一面传齐兵丁,点了灯笼火把,飞身上马,奔往县衙保护。傅璧芳等一路杀出,急忙到费五店中,去救锦云。哪知费五店内,已搬得空空如也。只得回转头来,直往东门杀去,意欲出城。中途遇见官兵,大家便冲杀上去,且杀且走。官兵虽也猛力相敌,竟为傅璧芳等杀退。安然出城,便护了洪夫人回归登云山大寨。那扬州城内自从洪锦等去后,六街三市鹤唳风声,还闭了两天门。扬州府也不敢隐瞒,只得申详上宪。将一桩重案,全推在已死江都知县胡图身上。总说胡图颠顸性成,讳言盗贼,致有此变。又行了一角例行通捕的文书。过了些时,上宪批下来,撤差的撤差,记过的记过,也就含糊着了却一件大事。

洪锦自被傅璧芳等救出,母子重逢,真个感激涕零。但洪夫人不知锦云的下落,镇日里还是长吁短叹,大家都时加劝慰,允代设法寻觅。后来洪锦及左龙、左虎闻得李广在扬州看打擂台,他三人便离了山寨,到扬州去会李广。不期误走仪征。当时天色已晚,投宿弥陀寺内,洪锦忽听得远远有啼哭之声,心中大为诧异。便顺着哭声寻去,但觉越听越近,好似他妹子的声音,心中更觉疑惑。急忙大踏步寻去,只见一所厢房,外面还系着铁锁。洪锦走近厢房,侧耳细听,只听得里面凄凄切切,一声母亲、一声哥哥的在那里啼哭。洪锦闻得却是他妹子的声音,不禁悲喜交并,立刻将门踢开,跨了进去。只见锦云浑身是血,吊在梁上。洪锦看罢,不觉大哭喊道:"妹子不要怕,愚兄特来救你!"说着将宝剑拔出,一手托住锦云,一手将绳割断,把她安然放坐地上。锦云睁眼一看,放声大哭道:"我的哥哥,你妹子莫不是与你梦里相逢吗?"洪锦道:"妹子不要伤心,我且问你,你因何到此,遭此惨刑?"锦云便哽咽说道:"那时困居旅店,被费五设计将我卖给王清为妾。多亏他夫人崔氏贤惠,细细地问我家世,我便将遭难情形,告诉于她。崔夫人大加叹息,立刻将我认为义女,嘱我避居此寺,以免被王清污辱。不料寺内两个尼姑,狼心狗肺,暗叫恶棍沈三槐,百端诱我。后因我抵死不从,便施非刑相逼。倘不是哥哥来此,你妹子早归黄泉了。"洪锦听罢,直气得发指眦裂。便邀请左龙、左虎分头将两尼姑同沈三槐一齐杀死,随即带同锦云回到登云山大寨。此时母女重逢,说不尽悲欢离合。洪锦又因虎口余生,仍得骨肉团聚,全仗傅璧芳及左龙、左虎之力,就向他们说了许多深恩大德没齿不忘的话。傅璧芳等也齐声谦让道:"凶徒应受天诛,吾兄却有神佑!如兄所言,未免太客气了!"

邓家庄

国韵小小说

邓家庄

话说清朝时候，有个满洲人，姓安名学海，曾为南河一带河工州判。因为人正直，不合上司之意，每多申斥，遂告退不愿为官。平生最喜结交英雄豪杰，有一个老盟兄，姓邓行九，人都称他为邓九公，住在茌平镇邓家庄。一身本领非常，亦是英雄不遇时，只做了个保镖的老江湖。当时安学海告退动身回家，走至半路，忽然想起邓九公来，即告知跟随等，欲去访邓九公，即一路行至邓家庄。岂意邓九公此日不在家中，询其家中人云，往其女婿褚一官家去了，又找至褚一官家，方见着邓九公在内。一番见礼罢，邓九公即令摆酒接风。饮酒间，谈了无数别后渴念之语，邓九公道："老弟可知我八十余岁的人，在江湖上亦算得个名扬四海，岂意到了歇马时，几乎声名扫地。后来幸亏来了个女子，真是我的恩人，替我出气，方争过这面子来。"安学海道："老哥，你这样年纪，这等威名，如何说有恩人起来？愿闻一个详细。"

邓九公道："我整整地保了六十年镖，不曾丢过一次脸，失过一次事。那一年我想收船好在顺风时，便预先告诉亲友们，说明年一定歇马，一应聘金，概不敢领。承那些亲友客商们，都远路差人送彩礼来，给我庆贺，又与我挂了一块匾，写的是'名镇江湖'四字。我那庄上西院里，正中搭了座戏台，在府里叫了一班戏子,把那些客人左右乡邻,普遍一请。大家都来道喜,吃酒看戏,这个一杯,那个一盏,轮流把我灌着。正在高兴,忽见我看门的庄客跑了进来,说道:'外面来了一个人,口称来送礼贺喜。问他姓名,他说见面自然认得。'我就吩咐:'莫问他是谁,只管请进来,大家吃酒看戏。'一时请来,只见那人,身穿一件青绸绸夹袄,歪戴顶帽儿,脚穿一双熟皮鞋。身上背着蓝布缠的一桩东西,约莫是件兵器。后边跟着一人,手里托着个红漆小盒儿。走上厅来,把手一拱,说道:'请了!'只此两字。他就挺着腰、叉着脚,扭过脸去站着。

"我心里说:'这个人来的古怪,因问他足下贵姓?'

"他道:'姓邓的,你非不认得我,你休推睡里梦里。今日听得你摘鞍下马,特来会你!'我仔细一看那人,却也有些面熟,只是想不出是谁。因对他说:'足下恕我眼拙,一时想不起哪里会过。'他说:'我叫海马周三,你我在牤牛山地方,曾有一鞭的交情。'这句话,我想起来了。五年前,我从京里保镖,往下路去。我们同行有个金振声,他从南省保镖往上路来,走到牤牛山,他的镖货被人吃去了。是我路见不平,赶上他打了一鞭,夺回原物。他因此怀恨,前来报仇。乘着我有事,要在众人面前,糟蹋我一场。

"我说:'朋友,你错怪我了。这同行彼此相救,是我们的行规。况这事已过,今日既承下顾,现成的酒席,你我就借这杯酒,解开这个结,做个朋友,你道如何?'那些在座的客,一同上前解和。我看众朋友面上,也算让他了。谁知他不知抬举,说道:'不必让茶让酒,自你我牤牛山一别,我埋头等你,终要和你狭路相遇,见个高低。今日你既摘鞍下马,我海马周三,若暗地等你,也算不得好汉。今日到此,当着众位,请他们做个见证。要和你借一万八千的盘缠补还我牤牛山的那桩买卖。你是服的,双手捧来,便罢。倘若不肯,我也不叫你为难,我这盒里装着一碗胭脂、一盒香粉、两朵通草花,你打扮好了,就在这台上,扭个一周儿。你看我,尘土不沾,拍腿就走。'说罢,把盒子揭开,放在桌上。老弟你想,就算一个泥佛,可能听了不动气吗?"

安学海道:"这人行径,岂不是个小人了!"邓九公道:"老弟,你莫要小看了他。不想这等一个人,竟自能伸能屈。"安学海便接着问道:"后来吾兄便如何?"邓九公道:"那时我无名孽火,从脚底下直透顶门,只是碍着亲友,不好动粗。我便变作哑然大笑,说道:'我只道你用一百万八千万,那可叫我拿不出,要一万两银子,还备得起。'回头我就叫人盘银子去。在座的众人,还苦苦相劝道:'二位不可过于认真,有我们在此,大家可缓缓商议。'我便对大家说道:'众位休得惊慌。我邓某虽不才,还分得出皂白来。这事无论闹到如何,与众位决不相累。'霎时,把那银子搬齐,放在桌上。我说:'朋友,纹银一万两在此。只是我的银子,是凭精神气力挣来的,你这等轻轻松松,只怕拿不去。此地却是我的舍下,自古主不欺宾,你我说明,都不许人帮,就在当场见个强弱。你打倒了我,立刻搬了银子去。万一我的兵器上没眼睛,一时伤犯了你,可也难逃公道。'说着,我便拿了那把保镖的虎尾竹节钢鞭,他也抖开他那兵器,原来也是把钢鞭。和我这鞭的斤两,不差上下。那时众人都出厅来,远远地站着。便是我自己的人,也因我有话在前,不敢走近。当下我们两个,亮了兵器,就交起手来。及至一交手,才知他不是五年前的海马周三了。他那一条鞭,使了个风雨不透,休想破他一丝。我们两个来来回回,正斗得难分难解。只见从正东人群里,走出一个人来。手使一把倭刀,把我们两个的钢鞭,用刀背往两下里一挑,说:'你二位住手,听我有句公道话讲!'那时我只道是来帮他的,他亦只道是来帮我的。各个收回兵器,跳出圈子来看。

　　"只见那人身穿素服,头戴孝髻,斜挂张弹弓,原来是个女子。那时我同海马周三,才要和她答话,忽然正西上飞过一支镖来,正奔了那女子胸前。我刚说的声'防暗算',她早把身子一闪,那镖打了空。接着又是第二支打来,她不闪了,只把身子一蹲,伸手向上一绰,早把那支镖拿在手里。紧跟着,又是第三支打来,那时她把手里这支镖,迎着那支镖打了出去,打个正着。只见冒了一股火星,当啷啷一声,两支镖双双落地。

"那四面看的人，就像海潮一般，喝了个大彩。那发镖的人，也不曾露面，早不知吓到哪里去了。她也不去寻，便向我和海马周三道：'你们二位今日这场斗，我也不问你们是非长短。只是一个靠着家门口，一个靠着暗器，便谁赢了，也被天下英雄耻笑！这耻笑不耻笑，却与我无干。只是我要问你，何以输了，便该擦脂抹粉戴花？难道这胭脂花粉里头，便不许有个英雄不成，如今你们两个且慢动手，这一桌银子算是我的了。你们两个哪个出头和我斗一斗，且看看谁输谁赢，哪个戴那朵花、擦那胭脂、抹那粉！'老弟，那个当儿。劣兄到底比海马周三多吃了几年饭，一看她那光景，断非寻常之辈，不可轻敌。才待和她讲礼，那海马周三见坏了他的道路，又欺她是个女子，冷不防嗖的就是一鞭。那女子也不举刀相迎，只把身子顺着来翻过腕子，从鞭底下用刀往上一磕，早把周三的鞭削作两段。众人又是齐声喝彩，只就那喝彩声音里头，接着一片喊声，早从人堆里跳出二三十个雄壮大汉来。"

安学海问道："这又是何等人？"邓九公道："这班人，原来是海马周三的伙伴。预先叫他们随了那起戏子，乔装打扮，混了进来，一个个埋伏在此。那时才听得众人一声喊，这女子下面乘势就是一个泼脚，把海马周三踢得趴在地下。她赶上一步，一脚踏住了他脊梁，用刀指着那群人道：'你们哪个上前，我就先宰了你这个海马周三，作个榜样。'那班人听了这话,生怕坏了他头领,都吓得不敢上前,倒退下去。她便对那班人说道:'就请你众人偏劳,把那个红漆盒子捧过来,给你头领戴上花朵,抹上脂粉,好让他上台,扭给大家看。'只听海马周三趴在地上,高声叫道:'众兄弟,休得上前。这位女英雄,也莫动手。我海马周三,也做了半生好汉,此时我不悔我来得错,我悔我轻看了天下英雄。今日当场出丑,我也无颜再生人世,便是死在你这等一位女英雄刀下,也死得值得。就请砍了头去,不必多言。'老弟你只听听,那女子的本领,可是脂粉队里的一个英雄,英雄队里的一个领袖吗?"

安学海听了,用手把桌子一拍道:"痛快!"拿起杯来,一饮而尽。便接着问道:"这场恶斗,斗到后来如何落场?"邓九公道:"老弟,我那时只怕那女英雄,听了海马周三这段话,一时性起,把他手起一刀。虽说给我增了光、出了气,可就难免在场众亲友受累。正在为难,又不好转去劝她。谁想海马周三那些伙伴,一见他头领吃亏,那女英雄定要叫他戴花擦粉,急得一个个早丢了手中兵器,跪倒哀求,说:'这事本是我家头领,不知进退,冒犯尊威。还求贵手高抬,给他留些体面,我等恩当重报!'只听那女英雄冷笑一声,说:'你这班人,也晓得要体面?假如方才这八九十岁的老头儿,被你们一鞭打倒,他的体面安在?再说,方才若不亏你姑娘,有接镖的手段,着你一镖,我的体面又安在?'众人听了更无言可答,只有磕头认罪。

"那女英雄睬也不睬,便一脚踏定海马周三,一手拿着那把倭刀,换出一副笑盈盈的脸来,对着在场的大众说道:'你众位在此,休猜我和这邓九公是亲是故,前来帮他。我是远方过路的人,和他水米无交。我平生惯打无礼硬汉,今日撞着这场是非,路见不平,拔刀相助,并非图这几两银子!'说了这话,她然后回头,对那班周三的伙伴道:'我本待一刀,了却这厮性命。既是你众人代他苦苦哀求,如今权且寄下他这颗头。你们要我饶他,只要依我三件事。第一,要你们当着在场的众人,给这主人赔礼,此后无论哪里,见了不准胡闹。第二,这邓家庄的周围百里以内,不准你们前来骚扰。第三,你们认一认我这把倭刀和这张弹弓,此后这两桩东西一到,无论何时何地何人,都要遵照我吩咐的话行事。这三件事,件件依得,便饶他天字第一号的这场羞辱。你们大家快快商量回话。'

"众人还不曾开口,那海马周三早在地下喊道:'只要免得戴花擦粉抹脂,都依都依,再无翻悔!'那众人也一叠声儿和着答应。那女英雄这才一抬腿,放起海马周三。那厮爬起来,同了众人,走到我跟前,齐齐的尊了我一声:'邓九公爷!'向我磕了阵头,就要告退。老弟,古人说的好:得意不可再往,又说不可向世路结仇。我就连忙扶起他来,说:'周朋友,你走不得。从来说'胜败兵家常事',又道是'识时务者呼为俊杰'。今日这桩事，从此一字休提。现成的戏酒，就请你们众兄弟，在此开怀痛饮。你我做一个不打不成相交的朋友，好不好？'那海马周三，他倒也得风便转。他道：'既承抬爱，我们就在这位姑娘的面前，以这句话敬你老人家一杯。'当下大家上厅来，连那在场的众人，也都加倍的高兴。我便叫人收过兵器，从新开戏，洗盏更酌。老弟你想，这个礼须得让那位女英雄首座了。我连忙满满地斟了一杯热酒，送过去。她说道：'我十三妹，今日理应在此，看你两家礼成。只是孝服在身，不便宴会。再者男女不同席，就此失陪，再图后会。'说着出门下阶，嗖的一声，托地跳上房去，顺着那房脊迈步如飞，连三跨五，霎时间不见踪影。

"我这才晓得他叫作十三妹。老弟，你听这场事的前后因由，劣兄那日要不亏这位十三妹姑娘，岂不把一世的英名丧尽？你道她如何算不得是我的一个恩人？因此那天酒席一散，众人走后，我也顾不得歇乏了，便要去跟寻这人。这才据我们庄客说：'这人三日前就投奔到此，那时因庄上正有事，庄客们便把她让在前街店房暂住，约她三日后再来，现在她还在店里住着。'我听了这话，便赶到店里和她相见。原来她只母女二人，她那母亲又是个既聋且病的。看那光景，也露着十分清苦。我便要把和海马周三赌赛的那一万两银子相赠，无奈她分文不取。及至我要请她母女到家养赡，她又再三推辞。问起她的来由，她说自远方避难而来。

因她上无兄下无弟,一家孤寡。深恐到此,人地生疏,被人欺负。知我小小有些声名,特来投奔,要我给她家遮掩门户,此外一无所求。当下便和我认了师生。她自己却在这东冈上青云山山峰高处找了一块地,结几间茅屋,仗着她那口倭刀、那张弹弓,自食其力,赡养老母。我除了送给她些薪水之外,凭你送她何物,她一概不收。如缺了用度,向我借些微财,不到数日,她依然照数还了我了。因此直到今日,我不曾报得她一点好处。"

安学海道:"据这等听来,这人还不单是那长枪大戟的英雄,竟是挥金杀人的侠客。我也难得到此,老兄台,你和她既有这等的气谊,如何得引我会她一会?"邓九公听了这话,怔了一怔,未曾说话,两眼一酸,那眼泪早泉涌一般,落得满衣襟都是,连那白须上也沾了一片泪痕。叹了一声道:"老弟,劣兄是个直肠汉子,肚子里藏不住话。独有这桩事,必须慎密,不好泄漏她的机关,我家里都不曾提着一字!不信,你只问他们,就知道缘故了。如今承老弟问到这句话,我两个气味相投、肝胆相照,我可不能瞒你了。

"原来这位十三妹姑娘,他父亲曾任副将,乃朝廷二品大员。只因遇着了个对头,这对头是无大不大的一个大角色,正是他父亲的上司。因为姑娘婚姻的事得罪那厮,他就寻了个错,参了一本。将她父亲革职拿问,下在监里,她父亲一气身亡。那时要仗她一身本事,不是取不了那贼子首级,要不了那贼子性命。皆因一则他是朝廷重臣,国家正在用他建功立业的时候,不可因一人私仇,坏国家的大事。二则她父亲的冤枉、她的本领,全省官员皆知。设若她做出件事来,冤冤相报,大家未必不疑心到她。万一机事不密,她有个不测,老母无人赡养。因此忍了这口恶气,又恐那贼子还放她孀母孤女不下,叫她的乳母丫鬟身穿重孝,扮作她母女模样,扶柩还乡。她自己奉了老母,避到此地。不想前几天,她这母亲又得了个痰症死了。她如今孝也不及穿,事也不及办。过了头七,葬了母亲,便要去报杀父大仇。今日她母亲死了第四天了,只有明后日两天,她此时的心绪,避人还避不及,我怎好引你去见她?老弟,若论你和这人,彼此都该见一见,才不算世上一桩缺憾事。只可惜老弟来迟了一步,她不日就要天涯海角,远走高飞,你见她不着了。"安学海听了,无可如何,只得作罢。当时酒饭吃完,这一席话也就谈完了。

邓九公云,得意不可再往。又云,不可向世路结仇。这两句话,真是从走遍江湖中得来的阅历。海马周三轻视天下英雄,恃强尚气,记仇图报,以致吃了此种眼前的亏。然则阅历二字,岂不是人生所最要紧的么!

刘姥姥

国韵小小说

刘姥姥

话说有一乡下人姓王名成,他的祖上曾做过一个小小京官,因见金陵王家有在京做大官的,依傍其势利,便连了宗。后来其祖死后,只剩这王成一人,因家业萧条,仍搬出城外原乡中住了。王成亦相继亡故,有子小名狗儿,娶妻刘氏,生子小名板儿,又生一女名青儿。一家四口,以务农为业。因狗儿白日间做些生计,刘氏又操井臼等事,青、板姊弟两个无人看管,狗儿遂将岳母刘姥姥接来一处过活。这刘姥姥乃是个久经世故的老寡妇,膝下又无子息,只靠两亩薄田度日。如今女婿接了来养活,遂一心一计帮着女儿女婿过活起来。

因这年秋尽冬初,觉得天气渐渐冷上来了,家中冬事未办,狗儿未免心中烦虑。刘姥姥看不过,因替他们想主意。大家想来想去,都想不出个道理。后来还是刘姥姥想出一个机会来,向狗儿说道:"当日你们原是和金陵王家连过宗的,二十年前他们看承你们还好,如今他家二小姐现是荣国府贾二老爷的夫人。听得他们说,如今上了年纪,越发怜贫恤老,最爱斋僧布施。如今王府虽已出仕,只怕二姑太太还认得我们,你何不去走动走动?或者她还念旧,有些好处,亦未可知。只要她发一点好心,拔一根毫毛,比我们的腰还壮呢。"狗儿听说心中活动,笑道:

"姥姥既如此说,当日你又见过这姑太太一次,何不你老人家明日就去走一遭,试试风头看?"刘姥姥道:"哎哟!可是说的'侯门似海',我是个什么东西!她家人又不认得我,去了也是白去的。"狗儿道:"不妨,我教你个法儿,你竟带了外孙小板儿,先去寻陪房周瑞,若见了他,就有些意思了。这周瑞在贾府是一个有体面的大管家,我们本极好的。"刘姥姥道:"也罢,就是舍了我这副老脸去碰碰看。果然有些好处,也大家有益。"当晚计议已定。

次日天未明时,刘姥姥便起来梳洗了,又教了板儿几句话。五六岁的孩子,听见带了他进城玩去,便喜得无不应承。于是刘姥姥带了板儿进城,往宁荣街来。到了荣府大门前石狮子旁,只见簇簇的轿马。刘姥姥便不敢过去,且掸掸衣服,又教板儿几句话,然后蹲在角门前。只见几个挺胸凸肚指手画脚的人,坐在大门上,说东谈西的。刘姥姥只得挨上前来,问太爷们纳福。众人打量了他一回,便问:"是哪里来的?"刘姥姥赔笑道:"我找太太的陪房周大爷的,烦哪位太爷替我请他出来。"那些人听了都不理她,内中有一个年老的说道:"那周大爷往别处去了,他在后面一带住着,他娘子却在家里。你从这边绕到后街门上找去就是了。"刘姥姥谢了,遂携着板儿绕至后门上,一路问去,就找到了。周瑞娘子出来认了半日,方笑说道:"刘姥姥呀。"忙让座吃茶。周瑞娘子问些闲话,又问刘姥姥:"今日还是路过,还是特来的?"刘姥姥道:"原是特来瞧瞧你嫂子,二则也请请姑太太的安。若可以领我见一见更好,若不能,便借重嫂子转致意罢了。"

周瑞娘子听了,便已猜着几分来意。只因她丈夫昔年争买田地一事,多得狗儿之力。今见刘姥姥如此,心中难却其意,二则也要显弄自己的体面。便笑道:"姥姥你放心,大远的诚心诚意来了,岂有个不教你见正主儿的。我与你通个信去。但只一件,姥姥有所不知,我们这里,不比五年前了。如今太太不大理事,都是琏二奶奶当家了。这琏二奶奶就是太太的内侄女,小名凤哥的,如今有客来,都是这凤姑娘周旋接待。今天宁可不见太太,倒要见她一面,才不枉走这一趟。"刘姥姥道:"这全仗嫂子方便了。"说着,周瑞家娘子便唤小丫头去打听老太太屋里摆了饭没有,一会儿小丫头回来说:"老太太屋里已摆完了饭,二奶奶在太太屋里呢。"

周瑞娘子听了,同着刘姥姥往贾琏的住宅来。先找着了凤姐的一个心腹大丫头,名唤平儿的。周瑞娘子先将刘姥姥起初来历说明,平儿听了,便作了主意。叫周瑞娘子带领刘姥姥进来,坐着等候。须臾凤姐回房,周瑞娘子将刘姥姥来历回明。凤姐命请。刘姥姥见了凤姐,说了些闲话,又说:"我今日带了你侄儿来,不为别的,只因他爹娘在家里连吃的也没有,天气又冷了,只得带了你侄儿奔了你老来。"说着又推板儿道:"你爹在家里怎么教你的,打发你来做什么的?"凤姐早已明白了,听她不会说话,因笑止道:"不必说了,我知道了。"因命周瑞娘子传了一桌客饭来,让刘姥姥在那边屋里去吃饭。吃完了饭,又过来给凤姐道谢。凤姐命平儿拿出二十两银子,凤姐说道:"这银子暂且留给孩子们做件冬衣罢。改日无事,只管来玩,方是亲戚们的意思。天也晚了,不虚留你们了。"刘姥姥只是千恩万谢的拿了银子,随周瑞娘子出来,仍从后门去了。回到家里,狗儿及刘氏自是欢喜,大家整备过年。有了银子,也就不愁了。

　　到了次年秋天,刘姥姥带着板儿,又带些枣子倭瓜并些野菜,走到荣府来看凤姐。仍是周瑞娘子陪她进来的,见了平儿,赶忙上前问好。又见了凤姐,凤姐因贾母叫,赶忙去了。临去嘱咐刘姥姥等着回来说说话儿再去。这里周瑞娘子等陪刘姥姥坐着,说些闲话。刘姥姥见等凤姐不来,说:"天不早了,我们也去吧。别出不得城,才是饥荒呢。"周瑞娘子道:"这话倒是,我替你瞧瞧去。"说着一径去了,半日方来。笑道:"可是你老的福来了,竟投了这两个人的缘了!"平儿等问怎么样。周瑞娘子笑道:"二奶奶在老太太跟前呢,我原是悄悄地告诉二奶奶:'刘姥姥要家去呢,怕晚了赶不出城去。'二奶奶说:'大远的难为她担了些东西来,晚了就住一夜,明日再去。'这可不是投上二奶奶的缘了?这也罢了,偏生老太太又听见了,问刘姥姥是谁?二奶奶便回明白了。老太太又说:'我正想与个积古的老人家说说话儿,请了来我见一见。'这可不是想不到的投上缘了?"说着催刘姥姥赶紧前去。刘姥姥道:"我这个样儿,怎好见的?好嫂子你就说我去了吧。"平儿忙道:"你快去吧,不相干的,我们老太太最是惜老怜贫的。想你是怯生,我和周大娘送你去。"说着,同周瑞娘子引了刘姥姥往贾母这边来。

却说荣国府内有一个大花园,名叫大观园。园中楼阁亭台、山林花草,以及村舍茅屋、荷池稻田,无不具备。所有荣府下一辈的姊妹及一位公子名唤宝玉的,都分住在园内。当时平儿等来到贾母房中,彼时大观园中姊妹们,都在贾母前承奉。刘姥姥进去,只见满屋里珠围翠绕、花枝招展,并不知都系何人。只见一张榻上独歪着一位老婆婆,身后坐着一个美人一般的丫鬟,在那里捶腿。凤姐站着正说笑。刘姥姥便知是贾母了,忙上前赔着笑,福了几福,口里说:"请老太太安。"贾母亦忙欠身问好,又命周瑞娘子端过椅子来坐着。那板儿仍是怕生,不知问候。贾母向刘姥姥问长问短,又留她住一两天再去。那捶腿的丫鬟名唤鸳鸯,是贾母贴身服侍有体面的大丫头。见贾母留刘姥姥住下,忙命老婆子带去洗了澡,挑了两件随常衣服,命给刘姥姥换上。那刘姥姥哪里见过这样场面,忙换了衣裳出来,再在贾母榻前搜寻些话出来说。彼时宝玉姊妹们,都在这里坐着,也都听得津津有味。说了一会儿,大家也就散了。

次日，贾母因见园中菊花盛开，叫了宝玉等姊妹们来商议在园中摆席赏菊。一夕无话。次日天气清明，贾母带领众人来到园内，刘姥姥也随了来。只见一个丫鬟，捧着一个大盘子，里面养着各色折枝菊花。贾母便检一朵大红的簪在鬓上，回头笑向刘姥姥道："过来带花儿。"一语未完，凤姐便拉过刘姥姥来笑道："让我打扮你。"说着把一盘子花横三竖四地插了一头。贾母和众人笑个不住。刘姥姥笑道："我这头也不知修了什么福，今儿这样体面起来。"说话间，已到了一处。一进门只见两边翠竹夹路，土地下苍苔布满，中间一条石子砌的路。刘姥姥让出来与贾母众人走，自己却走土地。众人拉她道："仔细青苔滑倒了。"刘姥姥道："不相干，这是我们走熟了的。"她只顾上头和人说话，不防脚下果踏滑了，啪跕一跤跌倒。众人都拍手咯咯的笑。贾母笑骂道："小蹄子们，还不搀起来，只站着笑！"说话时刘姥姥已爬起来，自己也笑着说道："才说嘴就打嘴。"贾母对刘姥姥道："这是我外孙女儿林黛玉的屋子，这里叫作潇湘馆。"说着走出潇湘馆。只见几个婆子手里都捧着大食盒走来。凤姐忙问早饭摆在哪里，贾母道："摆在那边秋爽斋就好，你就带了人摆去，我们随后就来。"

凤姐听说，便同了鸳鸯等带着端饭的人，抄着近路。到了秋爽斋，调开桌案，鸳鸯笑道："天天我们说外头老爷们吃酒吃饭，有一个凑趣儿的，拿他取笑儿。我们今日也得一个女清客了。"凤姐会意,两人便如此这般商议撮弄刘姥姥。正商议着,只见贾母等来了,大家入座。凤姐一面递眼色与鸳鸯,鸳鸯便忙拉刘姥姥出去,悄悄嘱咐了刘姥姥一席话。又说这是我们家的规矩,若错了,我们就笑话呢。调停已毕,然后归座。刘姥姥挨着贾母一桌,鸳鸯侍立,一面递眼色。刘姥姥道:"姑娘放心。"

那刘姥姥入了座,拿起箸来,觉沉甸甸的不伏手。原是凤姐和鸳鸯商议定了,单拿一双陈年四楞象牙镶金的筷子与刘姥姥。刘姥姥见了说道:"这个叉把子,比我那里铁叉还沉,哪里拿得动它?"说的众人都笑起来。等到上菜之时,凤姐特拣了一碗鸽子蛋,放在刘姥姥桌上。贾母这边说声"请",刘姥姥便站起身来,高声说道:"老刘老刘,食量大如牛,吃个老母猪不抬头。"自己却鼓着嘴不语。众人先还发怔,后来一听,上上下下都哈哈大笑起来。笑得大家有喷了茶的,有吐出饭的。林黛玉笑得岔了气,宝玉笑得滚到贾母怀里,贾母笑得话都说不出来。伺候的媳妇丫鬟们,无一个不笑得弯腰屈背。独有凤姐鸳鸯二人撑着不笑,还只管让刘姥姥。

刘姥姥拿起箸来,只觉不便。又道:"这鸡儿也俊,下的这蛋也小巧怪俊的,我且吃一个儿。"众人方住了笑,听见这话,又笑起来。贾母笑得眼泪都出来了,只忍不住,叫人在后捶着。贾母笑道:"这定是凤丫头促狭鬼儿闹的,快别信她的话了。"那刘姥姥正夸鸡蛋小巧,凤姐笑道:"一两银子一个呢,你快尝尝罢,冷了就不好吃了。"刘姥姥便伸筷子要夹,哪里夹得起来。满碗里闹一阵,好容易撮起一个来。才伸着颈子要吃,偏又滑下来,滚在地上。忙放下筷子,要亲自去拾,早有人拾了出去了。刘姥姥叹道:"一两银子,也没听见个响声儿就没了。"

众人已无心吃饭,都看她取笑。一时吃毕,贾母带领众人,各处闲逛了一会儿。贾母吩咐将席摆在园中缀锦阁下,大家走来入席。吃了一会儿酒,行了一会儿令,刘姥姥又闹出许多笑话来。一时席散,贾母因要带着刘姥姥散闷,遂携了刘姥姥至山前树下,盘桓了半晌。又说与她这是什么树、这是什么石、这是什么花,刘姥姥一一领会。又向别处逛了一会儿。贾母倦了,凤姐等围随着歇息去了。这里宝玉姊妹乃和众丫鬟,都要带着刘姥姥逛,随着取笑。一时来至一个牌坊底下,牌坊上嵌着"省亲别墅"四个字。刘姥姥道:"啊呀,这里还有大庙呢。"说着便跪下叩头。众人笑弯了腰。刘姥姥道:"笑什么,这牌坊上的字我都认得。我们那里这样庙宇最多,都是这样的牌坊,那字就是庙的名字。"众人笑道:"你认得这是什么庙?"刘姥姥便抬头指那字道:"这不是玉皇宝殿四字吗?"众人笑得拍手打掌,还要拿她取笑。刘姥姥觉得腹内一阵乱响,忙的拉着一个丫头,要了两张纸就解衣。众人又是笑,又忙喝她,这里使不得。忙命一个婆子带了她到东北角上去了,那婆子指给她地方,便乐得走开去歇息。

那刘姥姥因吃了些酒及许多油腻饮食,又多吃了几碗茶,不免痛泻起来。泻完走出,酒被风吹,只觉得头晕眼花,辨不出路径。四顾一望,皆是树木山石、楼台房舍,却不知哪一处是往哪一路去的。只得顺着一条石子路,慢慢地走来,及至到了房舍跟前,又寻不着门。再走过去,忽见一带竹篱。顺着路走去,得了一个月洞门,跨进门内,只见迎面一带水池。沿池顺着石子甬路走去,转了两个弯子,只见有个房门,于是进了房门。便见迎面一个女孩儿,满面含笑迎出来。刘姥姥忙笑道:"姑娘们把我丢下了,叫我碰头碰到这里来。"说了,只觉那女孩儿不答,刘姥姥便赶来拉她的手。咕咚一声,便撞到板壁上,把头碰得甚疼。细看那女孩儿,原是一幅画儿。刘姥姥自忖道:"原来画儿有这样凸出来的。"一面想,一面看,一面又用手摸去,却是一色平的,点头叹了两声。一转身方得了一个小门,走进门去,抬头一看,只见四面墙壁玲珑剔透、金彩珠光,眼都看花了。找门出去,哪里有门? 刚从屏后得了一门,只见一个老婆子,也从外面迎了她进来。刘姥姥诧异,心中恍惚想道:"莫非是她亲家母?"因连忙问道:"你想是见我这几日没家去,亏你找我来,哪位姑娘带着你进来的?"又见她戴着满头花,刘姥姥笑道:"你好没见世面,见这园里的花好,你就没死活的戴了一头。"说着,那老婆子只见笑,也不答言。便心中忽然想起:"常听说富贵人家有一种穿衣镜,这别是我在镜子里头吗?"想毕伸手一模,再细细一看,可不是四面雕空紫檀板壁,将这镜子嵌在中间。因说:"这已经拦住,如何走出去呢?"一面说,一面只用手摸。这镜子原是西洋机括,可以开合。不意刘姥姥乱摸之间,其力巧合,便撞开了机括。掩过镜子,露出门来。刘姥姥又惊又喜,遂走进去,忽见有一副最精致的床帐。她此刻带了七八分的酒,又走乏了,便一扭身坐在床上,只说歇歇,不料身不由己,便前仰后合的朦胧着两眼,一歪身就睡熟在这床上了。

且说众人等她不见,板儿寻不着姥姥,急得哭了。众人都笑道:"别是掉在茅厕里了。"因命两个婆子去寻。回来说:"没有。"众人各处搜寻不见。宝玉房中一个大丫头名叫袭人的说道:"一定是她醉了迷了路,顺着这一条路,往我们后院子里去了,我且去看来。"一面说着,一面回来。进了怡红院,便叫人,谁知那几个在房里的小丫头,已偷空玩去了。袭人一直进了房门,就听见鼾声如雷。忙进房来,只闻见酒屁臭气。满屋一瞧,只见刘姥姥扎手舞脚地仰卧在床上。袭人一惊不小,慌忙赶上来,将她没死没活地推醒。那刘姥姥惊醒,睁眼见袭人,连忙爬起来道:"姑娘我该死了,我失错,并没弄污了床。"一面说,一面用手去掸。袭人恐惊动人,被宝玉晓得了,只向她摇手,不叫她说话。忙点上许多香。所喜不曾呕吐,忙悄悄地笑道:"不相干,有我呢。你随我出来。"刘姥姥答应着,跟了袭人出至小丫头们房中,命她坐下,向她道:"你出去就说醉倒在山石上,打了个盹儿。"刘姥姥答应"是"。又与她两碗茶吃,方觉酒醒了。因问道:"这是哪个小姐的绣房,这样精致?我就像到了天宫里一样。"袭人微微笑道:"这个么是宝二爷的卧室。"刘姥姥吓得不敢作声。袭人带她从前面出去,见了众人,只说她在草地上睡着了,带了她来的。众人都不理会,也就罢了。吃罢晚饭,刘姥姥带着板儿,到贾母及凤姐两处告辞,就在贾母这边过了一夜。次日刘姥姥带了板儿,由角门出来,上车回去了。